謀殺

死神幻十郎

黒崎裕一郎
Kurosaki Yuichiro

目次

第一章　消えた密使

1

ゴーン、ゴーン……。

愛宕下《あたごした》の六ツ（午後六時）の鐘が鳴っている。

西の空にかすかに滲《にじ》んでいた残照も、鐘が鳴り終わるころには、その余韻とともにすっかり溶け消えて、あたりはもう宵闇《よいやみ》につつまれていた。

二月（新暦三月）半ばとはいえ、陽が落ちると同時に急に冷え込みがきびしくなる。とりわけ芝金杉界隈《かいわい》は海が近いので、吹き抜ける浜風は身を切るように冷たい。

人気《ひとけ》の絶えた金杉橋を、ふところ手の男が背を丸めて足早に渡っていった。安物の唐桟《とうざん》に浅葱色《あさぎいろ》の股引《ももひ》き姿、中肉中背、額の禿《は》げあがった四十がらみの男である。

男の名は鬼八《きはち》。両国薬研堀《やげんぼり》の『四つ目屋』（いまでいうポルノショップ）のあるじである。得意先に〝品物〟を届けての帰りであった。

「この世知辛いご時世に、願ってもねえ上客だぜ。へへへ」

ひとりごちながら、鬼八はにんまりほくそ笑んだ。上客というのは、日本橋尾張町の呉服問屋『伊勢松』のあるじ・五兵衛のことである。五兵衛は今年四十六歳。この時代としては、すでに初老の域に入る年齢なのだが、若いころからの女道楽は歳をかさねても一向にやまず、家人に内緒で金杉毘沙門天《びしゃもんてん》裏に別宅をかまえて若い女を囲っていた。

五兵衛が鬼八の得意客になったのは、二年前ごろだった。ある日、ふらりと店にやってきて「張形《はりがた》をもらいたい」と気まずそうにいった。張形とは男の一物を擬した女悦具のことである。初見の客が例外なくそうであるように、五兵衛の態度も気恥ずかしげで、落ち着きがなかった。すぐにそれと察した鬼八は、五兵衛を丁重に部屋に招じ入れて茶を差し出し、

「一言に張形といっても、いろいろございます。お相手はどんなおひとで?」

さりげなく探りを入れた。五兵衛の身装《みな》りや人品骨柄から「上客」と踏んだのである。

「以前深川で芸者をしていた女なんですがね」

五兵衛が照れるようにいう。

「お歳は？」

「二十四です」

「女盛りでございますね」

鬼八が水を向けると、

「だから困ってるんですよ」

緊張がほぐれたのか、五兵衛は口の端に苦笑を泛《う》かべつつ、まんざらでもなさそうな顔で饒舌《じょうぜつ》に語りはじめた。

「情の濃い女でしてねえ。閨《ねや》をともにしたら一度や二度じゃすまないんです。もっとも、私も決して嫌いなほうじゃないので、有明行燈《ありあけあんどん》（終夜燈）が消えるころまで頑張ったこともありましたがね」

「お達者ですねえ。旦那《だんな》さんも」

鬼八が合いの手を入れると、

「いえ、いえ……」

と五兵衛は手をふって、

「最近はさっぱりなんですよ。身から出た錆《さび》とでもいいますか、若いころからの女遊びがたたって、数か月ほど前から、すっかりあっちのほうが役に立たなくなってしまったんです」

「急にですか?」

「ええ、医者に診てもらったら腎虚《じんきょ》だといわれました」

腎虚とは、房事過多による衰弱症、現在《いま》でいうインポテンツのことである。

「ほう、それはお気の毒に……」

鬼八が同情するようにいった。こういう場合、慰めの言葉は禁物である。ひたすら相手の気持ちを汲《く》んでやるのが、この商売のコツなのだ。

「とはいえ、女遊びは生まれつき身についた業病のようなものですから、あれが駄目になったからといって、いまさらやめられるわけもありませんし」

「ごもっとも、ごもっとも」

「まあ、しかし、この歳になると、自分が楽しむというより、相手が喜ぶ姿を見るのが何よりでして」

ここで初めて五兵衛の話は核心に入った。つまり、役に立たなくなった自分の一物の代わりに、張形を使って若い女を喜ばせたいというのである。

「それでしたら」

と立ち上がり、店の棚に陳列された張形を三つばかり持ってきて畳の上に並べた。

一つは鎧《よろい》形、一つは勢々理《せせり》形、もう一つは兜《かぶと》形とよばれる張形である。

「これなどいかがでしょう?」

差し出したのは兜形だった。尖端《せんたん》が猛々しく盛り上がった張形である。材質は上質の鼈甲《べっこう》、二両もする最高級の品である。

「ほう、これは見事な……」

感嘆の声をもらしながら、五兵衛はまるで我が物を愛《め》でるかのように張形の尖端をなで回した。ふつうの客なら値段を聞いて目をむくところだが、五兵衛は値切りもせずに二両の金を払って買っていった。それから数日後、ふたたび五兵衛が店にやってきて、

「鬼八さん、おかげでたっぷり楽しませてもらいましたよ。いえ、わたしより何より、お常のほうが……」

お常というのは、五兵衛が囲っている若い女のことである。

「あれを使ったら泣いて喜びましてね」

「そうですか。それはようございました」

「今日は勢々理形をもらいましょうか」

「毎度ありがとうございます」

勢々理形も二両ちかい高級品である。鬼八は満面に笑みを泛かべ、もみ手せんばかりに五兵衛を部屋に招じ入れた。

鼈甲製の張形は、中の空洞に湯をいれて使う。湯の温度で鼈甲がやわらかくなり、

本物のそれと変わらぬ感触になるのだが、使用する頻度によって、その感触が微妙に変化してくるため、五兵衛は半月ごとに新しい張形を買いにくるようになった。

三回目に五兵衛が店に現れたとき、

「わざわざ旦那が足を運ばなくても、手前がお届けしますよ」

と、鬼八がみずから品物を金杉の妾宅《しょうたく》に届けるようになったのである。


「久しぶりに日本橋あたりで一杯やっていくか」

ふところの二枚の小判の感触を楽しみながら、金杉橋を渡ったところで、

「ん！」

鬼八の足がふいに止まった。

前方の闇に忽然《こつぜん》と三つの影がわき立った。その影の様子が尋常ではない。何やら口々に叫びながら、こっちに向かって一目散に突っ走ってくる。

鬼八はすばやく翻身して路傍の立木の陰に身を隠した。

じっと闇に目をこらして様子をうかがう。ほどなく三つの影の正体が確認できた。いずれも埃《ほこり》まみれの旅装の武士である。

「待てい！」

野太い声がひびいた。三人の武士の後方から五つの影が迫ってくる。黒布で面をお

おい、袴《はかま》を股立《ももだ》ちにした屈強の侍たちである。

木蔭で固唾《かたず》を呑んで見守る鬼八の眼前で、すさまじい斬り合《き》いが始まった。黒覆面の五人が猛然と斬りかかる。旅装の三人の武士は互いにかばい合いながら、必死に斬りむすぶ。

青白い月明《げつめい》をうけて、乱刃がきらめき、火花が飛び散り、するどい鋼《はがね》の音が夜気を裂く。

阿鼻叫喚、血みどろの死闘を眼のあたりにしながら、

(勝ち目はねえな)

鬼八はそう思った。多勢に無勢である。すでにこの時点で闘いの帰趨《きすう》は決していた。三人の旅装の武士はかなりの深傷《ふかで》を負っている。息があがり動きもにぶい。

「数馬《かずま》、逃げろ」

年配の武士が背後の若い武士に低く叫んだ。数馬と呼ばれた若い武士は、一瞬ためらいながらも、その声に押されるように跳びすさって身をひるがえした。すかさず追おうとした覆面の侍に、二人の武士が捨て身で斬りかかる。

「おのれ!」

覆面の侍たちが容赦ない斬撃《ざんげき》を二人にあびせた。血飛沫《しぶき》をまき散らして二人の武士は地面に転がった。そのわずかな隙《すき》に、若い武士は脱兎《だっと》の勢いで闇のかなたに奔馳《ほんち》し

た。

「逃がすな！」

「追え！」

五人の覆面の侍が土煙を蹴《け》たてて追尾する。一瞬裡にその影は闇の奥に消えていった。それを見届けて、鬼八はおそるおそる木蔭から足を踏み出し、路上に転がっている二つの死体に目をやった。見るも無惨な斬殺死体である。身装《みな》りから見て江戸在府の武士ではない。かなりの長旅だったのだろう。二人の草鞋《わらじ》はぼろぼろにすり切れている。

「南無阿弥陀仏……」

二つの死体に手を合わせると、鬼八はくるりと背を返して逃げるようにその場を立ち去った。

2

雲ひとつなく晴れ渡った空から、まばゆいばかりの陽光が降りそそいでいる。

このところ温暖な天候がつづいたせいか、庭先の連翹《れんぎょう》の樹には、目にもあざやかな黄色の花が咲き乱れている。

伊勢桑名十一万石・松平越中守定永《さだなが》の築地の下屋敷の一角、『浴恩園《よくおんえん》』の庭である。その庭の池のほとりの小径《こみち》を、総白髪の小柄な老人が腰のうしろで手を組みながらゆったりと、しかし矍鑠《かくしゃく》とした足取りで散策していた。

松平越中守の実父・楽翁《らくおう》――世にいう「寛政の改革」の立役者・松平定信である。政治から身をひいて、すでに十余年。幕政の頂点に君臨し、秋霜烈日の改革政治を断行した青年宰相・定信の峻厳《しゅんげん》な面影は、もはや片鱗《へんりん》もない。齢《よわい》六十八。深いしわをきざんだ楽翁の顔は、一大名家の臈《ろう》たけた隠居のそれにすぎなかった。

「おう」

楽翁の背後から、小腰をかがめて飄々《ひょうひょう》とついてくる半白頭の大柄な初老の武士は、奥州白河藩時代から楽翁に影のように近侍してきた股肱《ここう》の臣・市田孫兵衛である。

楽翁が小径の突き当たりで、ふと足をとどめて西の空に目をやった。ついさっきまで雲ひとつなく晴れ渡っていた空に、いつの間にやら黒い雲の峰がわき立っている。

「ひと雨、来そうじゃな」

「お屋敷にもどりましょうか」

「うむ」

とうなずいて踵《きびす》をめぐらせ、数歩進めたところで、

「そうじゃ。忘れておった」

楽翁が思い出したようにぼそりといった。

「一昨夜、芝の金杉橋のちかくで辻斬《つじぎ》り事件が起きたそうじゃ」

「辻斬り？」

孫兵衛がけげんそうに訊《き》きかえす。

「これは定永から聞いた話だが……」

楽翁は驚くほどの情報通である。その情報のほとんどは、息子の越中守定永からもたらされるものである。

「殺されたのは二人の侍。いずれも備中岩津藩《びっちゅういわづはん》・内藤家の国許《くにもと》の家臣だそうじゃ」

「と申しますと、勤番侍でございますか？」

「詳しくはわからぬが……」

と楽翁は眉間《みけん》にしわを寄せた。気むずかしげな老人の顔に変わっている。

「どうやら江戸藩邸に所用があって出府してきたらしい」

「ほう」

「だがのう、孫兵衛」

「はい」

「それにしては、どうも腑《ふ》に落ちぬことがあるのじゃ」

「と申されますと？」

「二人の侍が斬られたのは一昨夜の六ツ過ぎと聞いたが……、妙だとは思わぬか？」

「ははあ」

すぐに合点がいった。二人の武士が東海道を下って来たとすれば、日暮れとともに品川宿に泊まるのが、いわば旅の常識である。

　酔いも鮫州《さめず》（醒めず）に
　品川の女郎衆に
　こころ引かれて旅の人
　こちゃえ　こちゃえ

『東海道こちゃえ節』に唄われているとおり、東下《あずまくだ》りの旅人は武士町人にかかわらず、江戸入りを前にして最後の宿場・品川で長旅のうさを晴らし、旅の疲れをいやすのがこの時代の通例で、よほどのことがないかぎり夜旅をつづける者はいなかった。

「つまり、その二人の侍は……」

孫兵衛がどんぐり眼《まなこ》をぎらりと光らせて、

「一昨夜のうちに江戸入りしなければならぬ、何か火急の用があったということでございますな」

「そうとしか思えぬ。事件の報を受けて公儀の目付《めつけ》が現場に出張ったそうだが、ろくな調べもせずに辻斬りの仕業と断定し、二人の死骸《しがい》を岩津藩の江戸藩邸に引き渡したそうじゃ」

大名家の家臣や又者《またもの》（陪臣）、旗本・御家人などにかかわる事件の調査探索は、幕府の目付の役職である。その目付たちは若年寄・田沼意正《おきまさ》の支配下にあった。

田沼玄蕃頭《げんばのかみ》意正——楽翁の生涯の政敵・田沼意次《おきつぐ》（故人）の四男で、若年寄をつとめる重臣であり、田沼意次以来の腐敗政治の元凶ともいわれる老中首座・水野出羽守忠成《ただあきら》のふところ刀と目されている人物である。

——田沼の配下は信用できぬ。

それだけの理由で、楽翁は事件の処弁に疑念をいだいていた。

「孫兵衛」

「はっ」

「岩津藩の内部に何やら騒動が起きているようじゃ。『死神』に探りを入れさせよ」

「ははっ」

恐懼《きょうく》するように叩頭《こうとう》して、孫兵衛は踵を返した。

日本橋蠣殻町《かきがらちょう》の雑木林——。

梅の古木に紅淡色の花が咲き乱れ、どこからともなくのどかな鶯《うぐいす》の鳴き声が聞こえてくる。木々の梢《こずえ》から洩《も》れてくる陽差しにも、春の気配が色濃く感じられる。雑木林に囲まれた茅葺《かやぶ》きの陋屋《ろうおく》の裏手にある井戸端で、上半身裸になって汗をぬぐっている浪人者の姿があった。

異相の男である。

歳のころは二十八、九。長身瘦軀《そうく》、額に二筋の太い傷痕があり、その傷痕に引きつられるように両目両眉が吊りあがり、悪鬼羅刹《らせつ》のごとき凄愴《せいそう》な面がまえをしている。

――死神幻十郎。

浪人者はみずからそう名乗っているが、もちろんこれは本名ではない。かつて南町奉行所きっての腕利き同心としてその名を馳《は》せた神山源十郎――それがこの男の正体である。

二年前、源十郎は阿片密売組織の卑劣な罠《わな》によって最愛の妻を失い、その罠に加担した朋輩《ほうばい》を斬り殺して死罪の宣告を受けたが、処刑寸前に松平楽翁の奇策によって死の淵《ふち》から救われ、小伝馬町の牢屋敷から松平家の築地の下屋敷に身柄を移された。そのとき市田孫兵衛から、

「おぬしは一度死んだ男じゃ。この世に存在せぬ死びとゆえ、この場かぎりで神山源十郎という名を……、いや氏《うじ》素性ばかりではのうて、現世とのつながりをいっさい切

り棄ててもらう」

と申し渡された。すなわち楽翁の「影目付」になれというのである。

愛する妻を失い、家職・家禄《かろく》を奪われ、殺人者の汚名を着せられて事実上の〝死びと〟となった源十郎に、選択の余地はなかった。

――おれは一度闇に葬られた男だ。もはや失うものは何もない……。

三河以来の直参の矜持《きょうじ》も、九代つづいた名家「神山」の家名もきっぱりと投げ棄て、みずから額に二筋の傷をつけて面貌《めんぼう》も変えた。

かくして、一度は松平楽翁の陰扶持《かげぶち》をはむ身に甘んじた幻十郎だったが、生来の反骨精神はいささかも失ってはいなかった。

――このまま楽翁の操り人形にはならぬ。

楽翁の独善性に対する不満と反発が日増しに募っていった。そしてある日、ついにそれが爆発した。

「本日かぎりで陰扶持を返上し、現世無縁の亡者として勝手気ままに生きてゆく所存」

と、いいおいて楽翁の前から忽然《こつぜん》と姿を消してしまったのである。

「おのれ、恩知らずめが！」

当然のことながら、楽翁は烈火のごとく激怒した。意のままにならぬ人間に異常なほどの憎悪をたぎらせるのは、楽翁の若いころからの性癖である。誰よりもその性癖を知っている市田孫兵衛は、楽翁と幻十郎の関係修復を図るために一計を案じた。

幻十郎を「影目付」として楽翁の麾下《きか》におくのではなく、「闇の刺客人」として金で雇うことにしたのである。

「仕事の仲介はわしがつとめる。請けるも断るも、おぬしの胸ひとつじゃ。これなら文句はあるまい」

孫兵衛の言葉を信じるなら、楽翁と幻十郎は「依頼人」と「請け負い人」の関係になる。たしかにこれなら両者の立場は対等になるだろう。

「わかりました。その仕事、お引き受けいたしましょう」

幻十郎は承諾した、いや承諾せざるを得なかった。正直なところ、この先どう生きてゆくべきか、思案にあぐねていたところだった。江戸の街は、人別《にんべつ》（戸籍）から抹殺された男が人並みに衣食できるほど寛容な街ではない。九尺二間《くしゃくにけん》の裏長屋さえ、身元のたしかな者でなければ貸してもらえないのが実情である。まして正業につくことなど、ほとんど不可能だった。

——しょせん、おれは陽の当たる場所では生きてゆけぬ。

それが幻十郎の本音であり、孫兵衛の申し出を受け入れた理由だった。

3

いつものように一刻（二時間）ほど刀の素振りをして、井戸端で汗をぬぐうと、幻十郎は表庭に回った。

雑木林につつまれて、ひっそりと立っているこの小屋敷を、松平楽翁は『風月庵』と名付けた。名前はいかにも風雅だが、以前は松平家の又者の住まいだったらしく、いまにもひしげそうな古ぼけた陋屋《ろうおく》である。

濡《ぬ》れ縁の前の沓脱《くつぬ》ぎに足をかけたとき、

「旦那」

声とともに障子がからりと開いて、男が顔を出した。焦茶の縦縞《たてじま》の単衣《ひとえ》を着た二十四、五の、のっぺりした顔の男である。名は歌次郎。若いころ役者修業をしていたというこの男は変装の名人で、誰が呼んだか「百化けの歌次」の通り名がついている。

「市田さまがお見えですよ」

と歌次郎が目顔で奥をしめした。うなずいて部屋に上がると、孫兵衛が床の間を背にして黙然《もくねん》と茶を喫していた。

「お久しぶりです」

気安げに声をかけて、孫兵衛の前にどかりと腰をすえ、

「何か急用でも？」

探るような目で訊いた。

「仕事じゃ」

ぼそりといって、孫兵衛は飲みかけの湯飲みをおもむろに膝元においた。そこへ歌次郎が幻十郎の茶を運んできた。それを受け取り、無言で茶をすすりながら、幻十郎は次の言葉を待った。孫兵衛が嗄《しゃが》れた声で語をつぐ。

「一昨夜、芝の金杉橋のちかくで、備中岩津藩の国侍がふたり、何者かに斬り殺されたそうじゃ」

「ほう」

「公儀目付は辻斬りの仕業と断定したようだが、楽翁さまはその処弁に疑念をいだいておられる」

といって、ふたたび湯飲みを取り、ごくりと飲みながら、

「岩津藩内で何かが起きておる。それを探れとの御下命じゃ」

小さな目をさらに細めて幻十郎を射すくめた。

「どうじゃ？　この仕事、請けてもらえんか」

「はあ……」

あまり気乗りのしない仕事だったが、常日頃、楽翁の下で何かと気苦労の多い孫兵衛の立場と、その実直な人柄を考えるとむげに断るわけにもいかなかった。それに、この半月ほど楽翁からの「仕事」が途切れて、手元もやや不如意《ふにょい》である。

「わかりました。一度探りを入れてみましょう」

「そうか。引き受けてくれるか」

孫兵衛の顔がほころんだ。

「これは手付け金じゃ。おさめてくれ」

すかさず紙入れから五両の金子《きんす》を取り出して、幻十郎の前におき、

「では頼んだぞ」

と気ぜわしげに腰を上げた。茶を入れ替えにきた歌次郎が「もうお帰りですか」と声をかけると、

「お屋敷にもどって楽翁さまの碁《ご》のお相手をつとめなければならんのじゃ。……また来る」

といって、そそくさと出ていった。送りに出ようとする歌次郎を、

「歌次」

幻十郎が呼び止めた。

「へい」

「話は聞いたな？」

「へえ。抜かりなく」

「さっそくだが、岩津藩に探りを入れてもらえんか」

「承知いたしやした」


その日の夕刻――。

下谷三味線堀の堀端の道を、人目をはばかるように、こっそりと歩いてゆく頬かぶりの男がいた。土気色の顔に不精ひげをたくわえた、見るからに日当たりの悪そうな男である。

堀の北はずれの角で、男はふと足をとめ、夕闇の奥に目をこらした。前方に長大な海鼠《なまこ》塀が見える。備中岩津藩の中屋敷の塀である。

男は屋敷の裏手に回り、松の老木の陰に身をひそめて裏門の様子をうかがった。夕闇の奥からわき出るように人影が三々五々姿をあらわし、次々と裏門の中に姿を消してゆく。

しばらくその様子を見ていた男は、意を決するように松の木陰から歩を踏み出し、屋敷の裏門の前に歩みよると、
トン、トン、トン……。

と拳で軽く門扉を叩《たた》いた。かすかなきしみ音を発して門がわずかに開き、その隙間からうろんな目がのぞいた。

「何の用だ？」

低い、くぐもった声が門扉の隙間から聞こえた。

「ちょんの間、手すさびをしてえと思いやして……」

「初見だな、おめえさん」

門扉の間からのぞいた目が薄闇の中でぎらりと光った。明らかに警戒の色である。

「元柳橋の船頭で銀次と申しやす。お屋敷内の話は船頭仲間から聞きやした」

男がへらへら笑いながら応えた。数瞬の沈黙があって、

「そうか……、よし、入れ」

門扉が音を立てて開いた。銀次と名乗った男がぺこりと頭を下げて門内に体をすべり込ませると、いきなりその顔面に龕燈《がんとう》のするどい明かりが照射され、

「頬かぶりをとれ」

恫喝《どうかつ》するような野太い声が飛んできた。

見ると、闇の中に二人の男が突っ立っていた。いずれも紺看板に梵天帯《ぼんてんおび》の中間《ちゅうげん》風体で、ひとりが龕燈をかざし、もうひとりが剣呑《けんのん》な目で男の顔をねめ回している。

命じられるままに、男は頬かぶりの手拭《てぬぐ》いをはずした。遊び人に扮した歌次郎であ

る。

「まずショバ代を払ってもらおうか」

ひとりがヌッと手を差し出した。

「おいくらで？」

「五十文だ」

ぶっきら棒な声が返ってきた。歌次郎が銭を払うと、龕燈を照射していたひとりが、

「ついて来な」

と、あごをしゃくって歌次郎を奥へ案内した。

4

この時代、大身旗本の屋敷や諸大名の中屋敷・下屋敷では、主人の乗り物担ぎや奥向きの使い走りなど、雑用を任とする奉公人を何人も抱えていた。小者、あるいは中間と呼ばれる男たちである。中間のなかには代々主家につかえてきた身元のたしかな者もいるが、大半は町の口入れ屋（私設職業斡旋所《あっせんじょ》）から斡旋された半年抱えの「渡り中間」で、その実体は町のならず者と変わらぬ素性の怪しげな男たちばかりであった。

武家の屋敷内は町奉行所の手がとどかぬ治外法権である。そこに目をつけた中間どもが、夜な夜な中間部屋で賭場《とば》を開いていた。

歌次郎が案内されたのは、屋敷の北東隅にある中間長屋の二十畳ほどの板敷きの部屋だった。板間の真ん中に白木綿の晒《さらし》でおおわれた盆茣蓙《ぼんござ》がしつらえてあり、それを囲んで諸肌《もろはだ》脱ぎの男たちが、一天地六の賽《さい》の目に血走った目をそそいでいる。

客は、盛り場の地回りや日傭取《ひようと》りの職人・人足、商家の丁稚《でっち》ふうの男など種々雑多である。

部屋の一隅にでんと腰を据えている貸元役の中間頭から駒札を受けとると、歌次郎は盆のすみに腰をおろして、しばらく勝負の行方を見守った。

壺振《つぼふ》りがサイコロをふる。

「五二《ぐに》の半！」

「四六の丁！」

「一《ぴん》ゾロの丁！」

合力の甲高い声とともに、庭にどよめきが起こり、盆の上を駒札が飛ぶように行き交い、男たちの熱気がむんむんとわき立った。文字どおりの鉄火場である。ややあって、歌次郎のとなりで駒札を張っていた二十二、三の中間が、

「ちっ」

と舌打ちをして腰を上げた。

「おう与七。もうお開きかい？」

合力が声をかけると、与七と呼ばれた若い中間は、

「どうもツキが回らねえ。一服つけてくる」

苦々しげにそういって隣室の襖《ふすま》を引き開けた。

隣室は六畳ほどの畳部屋である。客の休憩室になっているらしく、部屋の真ん中に大きな卓がおいてあり、その上に握り飯を盛った大皿や漬物の鉢、徳利、煙草盆《たばこぼん》などがのっている。

卓の前に座るなり、与七は徳利の酒を茶碗《ちゃわん》についで、一気に飲みほした。そこへ歌次郎がふらりと入ってきて、何食わぬ顔で与七のかたわらに腰をおろし、

「おれの駒札を回してやろうか」

小声で話しかけた。

「おまえさんの駒札を……？」

与七がいぶかる目で訊き返す。

「おれも今夜はツキがねえ。これ以上やっても勝ち目がなさそうなんで、そろそろ切り上げようかと思ってたところなんだ。よかったらこいつを使ってくんな」

といって五枚の駒札を卓の上におくと、とたんに与七の顔がほころんだ。舌なめず

りするように駒札を見ながら、

「そうかい……。へへへ、そいつはすまねえな。じゃ遠慮なくちょうだいするぜ」

卓の上の駒札をわしづかみにして立ち上がり、そそくさと部屋を出ていった。が、寸刻もたたぬうちに、

「やっぱり駄目だ」

と苦り切った顔でもどってきた。

「やられたのかい？」

「どうも今夜はいけねえ。半目を追えば丁目、丁目に行けば半目と出やがる。まるで性悪女の尻《けつ》を追っかけてるようなもんだぜ」

「勝負は時の運だ。いいときもありゃ、悪いときもあるさ。気を取り直して一杯飲まねえかい」

慰めるようにいって、歌次郎が茶碗に酒をついで差し出すと、それを受け取って口に運びながら、与七がけげんそうな顔で、

「ところで、おまえさん、見かけねえ顔だが……」

「おれは船頭の銀次ってもんだ。今夜が初見参よ」

「そうかい。おれはこの屋敷の中間で……、といっても半季抱えの渡り中間だが、名は与七だ」

「与七さんか。よかったら河岸を変えて飲み直さねえかい？　この近くに小粋な小料理屋があるんだ。おれが奢《おご》るぜ」

ここへくる途中、歌次郎は抜かりなくその小料理屋の下見をしてきたのである。奢り酒と聞いたとたん、与七の顔がほころんだ。

「へへへ、じゃ、お言葉に甘えてゴチになるか」


岩津藩中屋敷からほど近い、三味線堀の南のほとりに小料理屋『ひさご』はあった。間口二間ほどの小さな店である。戸口に白砂と呉竹《くれたけ》を配した坪庭があり、店内の造作も数奇をこらした粋な造りになっている。

奥の小座敷で、歌次郎と与七が酒を酌みかわしている。卓の上には空になった銚《ちょう》子《し》がすでに五、六本並んでいる。どうやら、そのほとんどを与七ひとりが飲んだらしく、

「う、うめえ。こんな上等な酒を飲むのは、ひ、久しぶりだぜ」

かなり酔っていて呂律《ろれつ》がまわらない。

（ころはよし）

と見て、酒をつぎつつ、

「ところで、与七さんよ」

さりげなく探りを入れた。

「おとついの晩、岩津藩の国侍がふたり、辻斬りに殺されたそうだな」

「ああ、公儀の目付衆がふたりの死骸を上屋敷に運んできたそうだ。仲間の話によると、ふたりともめった斬りにされてたそうだ」

問われるままに、与七はぺらぺらとしゃべった。

「本当に辻斬りの仕業なのかい？」

「いや」

と首をふって、急に声をひそめ、

「あれは『三の丸派』がやったんじゃねえかと、仲間内じゃもっぱらのうわさよ」

「三の丸派？」

「ここだけの話だけどな」

与七が身を乗り出して語りはじめた。それによると、岩津藩内では藩政の主導権をめぐって、数年前から紛争の火種がくすぶっていたらしい。

備中岩津・内藤家は五万石の譜代大名である。七代藩主の内藤但馬守宗重《たじまのかみむねしげ》は、幼いころから蒲柳《ほりゅう》のたちで、藩主の座についてからも病臥《びょうが》の日々がつづき、国政のほぼ全権を国元の筆頭家老・松倉善太夫にゆだねていた。

松倉家は藩祖以来内藤家につかえ、代々家老職をついできた名門で、千二百石の大身である。

もともと算勘に天稟《てんぴん》があった善太夫は、三十六歳で家老職をつぐや、逼迫《ひっぱく》した藩の財政を建て直すために、徹底した節倹政策を施行し、弛緩した藩政の改革を断行した。

そうした改革政治に、強い不満と反発をいだいていたのが、藩祖の異母弟を家祖とする次席家老・石母田《いしもだ》釆女《うねめ》であった。これは家禄千二百石の名門である。

この二人を旗頭に、改革政治の是非をめぐって藩論は二分し、水面下で泥沼の政争がくり広げられていた。

筆頭家老の松倉善太夫は、岩津城内の二の丸に屋敷を拝領しているところから、藩内では松倉派を「二の丸派」と呼び、三の丸に屋敷を拝領している次席家老の石母田派を「三の丸派」と呼んでいた。一昨夜、芝金杉橋の近くで殺された二人の侍は「二の丸派」、つまり松倉善太夫の配下の侍だったのである。

「それにしても……」

と、酔眼朦朧《もうろう》の与七が言葉をつぐ。

「こんなゴタゴタが続いたんじゃ、いつお家取りつぶしになってもおかしくねえ」

「てえと、前にも何か事件があったのかい？」

「ああ、三月《みつき》前にも『二の丸派』の国侍がふたり殺されたそうだ」

「ほう」

歌次郎の目がきらりと光った。

「けど、その事件が起きたのはご府内じゃねえ。川崎宿のはずれだそうだ」

朱引《しゅび》き外《そと》（江戸府外）の川崎宿は、勘定奉行の支配である。その事件の処理に当たったのは、勘定奉行配下の宿場役人たちであろう。

「結局、事件はうやむやに片付けられちまったようだが、こんな騒ぎが続いたんじゃ、岩津藩の先も長えことはねえ。そろそろこのへんでおれもほかの屋敷奉公を探しておかなきゃなるめえな」

最後にそう結んで、与七は深々とため息をついた。

沈没船から真っ先に逃げ出すのは鼠《ねずみ》だという。それと同じように、与七のような渡り中間も本能的に岩津藩の危機を察知しているのだ。

（こいつは思ったより根が深そうだ）

酔いつぶれてゴロリと横になった与七に、冷やかな一瞥《いちべつ》をくれながら、歌次郎は腹の底でつぶやいていた。

翌日の昼下がり――。
日本橋横山町一丁目の雑踏の中に、幻十郎の姿があった。深編笠、黒木綿の単衣の着流しに一本差しというでたちである。

歌次郎の調べでおおむね岩津藩の内情はつかめたが、しかし、それだけでは事件の真相を解く鍵にはならなかった。まだいくつかの疑問は残っている。

金杉橋の近くで斬殺されたふたりの侍が「二の丸派」の藩士であることは、与七の話でも明らかである。おそらく、そのふたりは筆頭家老・松倉善太夫の密命をうけて出府してきたに違いない。とすれば、その密命とは何なのか。それを江戸公邸の誰に伝えようとしていたのか。

その謎を解くには、番町の岩津藩上屋敷に探りを入れるのが一番の早道かもしれぬ。

(鬼八に頼んでみるか)

そう思って、幻十郎は両国薬研堀の『四つ目屋』に足を向けたのである。

大名家の奥向きには江戸城の大奥同様、藩主専用のハーレムが存在した。その規模は藩の石高によって異なるが、五万石の大名ともなれば、側室が四、五人。その予備軍ともいうべき中臈《ちゅうろう》が、少なくとも十数人はいた。

さらに彼女たちの身のまわりの世話をする奥女中が数十人おり、そのほとんどは藩主のお手がつかないかぎり、生涯孤閨《こけい》を通さなければならぬ運命にあった。俗ないい方をすれば「男日照り」の女たちである。鬼八の『四つ目屋』には、そうした女たちが人目をしのんでこっそりと張形を買いにくるという。ひょっとしたら、その中に岩津藩の奥女中もいるのではないか、と幻十郎は考えたのである。

薬研堀の北岸の通りから一歩裏路地に入った奥まったところに、鬼八の『四つ目屋』はあった。腰高障子をあけて薄暗い土間に足を踏み入れると、

「旦那」

衝立《ついたて》の陰から鬼八がうっそりと姿をあらわした。昼寝をしていたらしく、腫《は》れぼったい目をしょぼしょぼとしばたたかせている。

「ちょっと、いいか？」

「へえ。どうぞ」

と奥の六畳の部屋に通し、幻十郎が着座するなり、

「仕事ですかい？」

ぎらりと目を光らせて訊いた。寝ぼけ顔が一変し、別人のように凄味《すごみ》のある〝裏〟の顔になっている。

「じつはな……」

と、三日前の晩に金杉橋の近くで起きた事件の一部始終を説明すると、

「そいつは偶然だ」

鬼八の口から意外な言葉が返ってきた。

「偶然？」

「その事件《やま》を見ちまったんですよ」

「ふたりの侍が斬られるところを、か？」

「へえ。相手は五人、いずれも覆面の侍でした。そういえば……、斬られた侍はふたりですが、ひとりは命からがら逃げ出しやした」

「というと、襲われた侍は三人だったのか？」

「へい。斬られたふたりがその侍をかばって逃がしてやったんです。逃げた侍は、『数馬』って名の若い男でしたが……」

「そうか」

耳よりの情報だった。ふたりの国侍が命がけで『数馬』という侍を逃がしてやったとすれば、その侍が事件の鍵をにぎっているに違いない。

「で、あっしは何をすればいいんで？」

鬼八が訊いた。

「岩津藩内で騒動が起きている。あらましは歌次郎が調べてきた」

と、岩津藩の内情を説明し、

「その件に関してもっと詳しいことが知りてえんだが、岩津藩の上屋敷にツテはねえか？」

「直接のツテはありやせんが……、何とかなると思いやす」

鬼八は自信ありげに笑った。かつては幻十郎の父親の手先（密偵）をつとめていた男である。この手の情報収集はお手のものだ。

「いっぺん同業に当たってみやすよ」

薬研堀界隈には、鬼八の店のほかにも『四つ目屋』が十数軒ある。同業者同士の横のつながりは強く、それが鬼八の情報網にもなっていた。

幻十郎がおもむろにたもとから小判を一枚取り出し、

「これは当座の費用だ」

と、差し出しと、

「遠慮なくちょうだい致しやす」

満面に笑みを泛かべ、押し戴《いただ》くようにして、鬼八は金を受け取った。

月も星もない暗夜。

人影の絶えた日本橋通りを、提灯の明かりを頼りに急ぎ足で歩いてゆく女の姿があった。歳のころは二十五、六、抜けるように色が白く、目鼻立ちのととのった美形

——志乃である。

家主の女房・お兼《かね》に頼まれて、北紺屋町のお針子のお栄に反物を届けるところであった。お兼の亭主・伊兵衛は、日本橋堀留町で『井筒屋』という質屋を営んでおり、志乃は『井筒屋』の離れを借りて住んでいる。

伊兵衛とお兼は、夫婦そろって篤実温厚な人柄で、日ごろ何くれとなく志乃の面倒をみてくれた。いや、志乃だけではなく、近隣の住人たちの面倒見もよく、人にものを頼まれれば決して「いや」とはいえないお人好し夫婦なのである。

この日も、お兼は近所の荒物屋の内儀から着物の仕立ての相談を受け、

「それでしたら、腕のよいお針子さんを知っているから」

と、こころよく引き受けた。たまたまその場に居合わせた志乃が使いを買って出たのである。

お栄に仕立物を届けにゆくのは、これが初めてではなかった。お兼に頼まれて、志乃は二度ばかりお栄の家を訪ねている。

五年ほど前、京橋丸太新道《まるたしんみち》の産物問屋の下働きをしていたお栄は、その店をやめたあと、屋根職人の伸吉と所帯を持ち、手内職の針仕事をしながらつましく暮らしていた。志乃とはほぼ同じ年頃の、心根のしっかりした女である。

南三丁目にさしかかったとき、石町《こくちょう》の五ツ（午後八時）の鐘が鳴りはじめた。その鐘の音にせかされるように志乃は一段と歩度を速めた。

日本橋通りの両側には老舗《しにせ》の大店《おおだな》がずらりと軒をつらね、日中は、お店者《たなもの》や買い物客、諸国から集まってくる仲買人、荷駄人足などの人波で、足の踏み場もないほどの活況を呈するが、さすがにこの時刻になると、人の往来は絶えて森閑と静まりかえる。

京橋の北詰めを左に折れた。前方に白魚屋敷の海鼠塀が見える。

白魚屋敷とは、将軍家に白魚を献上する佃島《つくだじま》の網役十二人が、幕府から土地を拝領して貸し蔵を建てたところから、里俗にそう呼ばれるようになった。春の白魚、夏と秋の小魚献上は、享保《きょうほう》四年（一七一九）に白魚屋敷が建てられてから御用を絶やさず、幕末までつづけられたという。

白魚屋敷の海鼠塀にそって、さらに西へ二丁も行くと、道の左右にひしめくように立っている柿《こけら》屋根の家並みが見えた。北紺屋町である。右手の家並みの西外れに、お栄の家があった。戸口に立って、

「こんばんは」

と、声をかけたが、応答がない。不審な思いで戸を引きあけた。中は真っ暗である。

（お留守かしら？）

と思ったが、それにしては三和土《たたき》にお栄の駒下駄と亭主の雪駄《せった》がきちんと並んでいるし、こんな時刻に夫婦ふたりで外出するとは思えなかった。

「お栄さん」

再度声をかけて、三和土に足を踏み入れた瞬間、志乃の目が一点に吸い寄せられた。

上がり框《かまち》に点々と黒いしみが付いている。提灯の明かりを近づけて見ると、そのしみは生々しい血痕《けっこん》だった。志乃の顔が凍りついた。

「お栄さん！」

　上がり込んで、がらりと障子を開け放った。

（あっ）

　志乃の目に飛び込んできたのは、身の毛がよだつような酸鼻な光景だった。畳一面朱泥《しゅでい》をぶちまけたような血の海である。その血の海の中に、頸《くび》をざっくり切り裂かれたお栄と亭主の仲吉の死体がころがっていた。

　立ちすくんだまま、志乃は部屋の中を見回した。争ったような跡や物色された形跡はない。物盗りの仕業でないことは明白だった。金品が目的なら、もっと裕福な家をねらうだろう。

　死体の傷口から推察すると、得物は刀に違いない。ふたりとも見事に急所を一太刀で切り裂かれている。明らかに「殺し」を目的とした犯行だった。お栄夫婦に恨みを持つ者の仕業か？　とも考えたが、すぐに思い直した。志乃の知るかぎり、お栄夫婦は人の恨みを買うような人間ではない。

（いったい誰がこんな酷いことを……）

　暗然とつぶやきながら、志乃は踵を返して部屋を飛び出した。

第二章　殺しの連鎖

1

　堀留町の『井筒屋』の離れにもどった志乃は、お栄夫婦が殺されたことを、お兼に伝えるべきかどうか思い迷った末に、

「お栄さんは留守でしたよ」

と嘘《うそ》をついた。べつに他意があってのことではなく、お兼を驚かせたくないという心づかいからである。

「そう。ごめんなさいね。無駄足を踏ませてしまって」

　お兼は志乃の言葉を毛ほども疑わず、

「先方さんが急いでいるので、今回はほかのお針子さんに頼んでみますよ。本当にご足労をおかけして申しわけありませんでした」

と何度も頭を下げた。

「また御用があったら、遠慮なくお申しつけください」

持ち帰った反物を返して、志乃はそそくさと離れにもどった。

胸が異様に高鳴っている。お栄夫婦の無惨な姿が脳裏に去来する。なんとも後味の悪い思いがこみ上げてきた。ふたりの死骸《しがい》を放置したまま逃げ帰ってきたことへの悔恨である。

帰宅の途中、自身番屋の明かりを見るたびに、届け出ようかと思ったが、それをためらわせたのは、面倒なことに巻き込まれたくないという思いがあったからである。万一、役人に素性を探られるようなことがあれば、自分だけではなく、歌次郎や鬼八、そして幻十郎にも厄災がおよぶ恐れがある。

――見ざる、聞かざる、言わざる。

それが裏社会に生きる「闇《やみ》の刺客人」の保身術であり、仲間同士の暗黙の掟《おきて》でもあった。

とはいえ、やはり心の奥底には、惨殺されたお栄夫婦に対するうしろめたさがある。

（それにしても……）

いったい誰が、何のためにあの夫婦を殺したのか？

行燈《あんどん》のほの明かりにうつろな目をやりながら、志乃はぼんやりと考えた。

お栄夫婦の殺しの手口は尋常ではなかった。ふたりとも白い咽骨《のどぼね》がのぞくほど深々と首を断ち切られていた。あの傷口から見て、凶器は匕首《あいくち》や小刀ではない。明らかに刀である。下手人は侍か？

部屋の状況から見て物盗りの仕業でないことは明らかである。怨恨《えんこん》の線も考えにくい。もし侍の仕業だとすれば、考えられるのは新刀の切れ味を試すための「様斬《ためしぎり》」である。

名のある武士が新刀の試し斬りをする場合は、公儀御用をつとめる浪人・山田浅右衛門に依頼し、罪人によって「様斬」が行われたが、陪臣《またもの》や下級武士たちが新刀をあつらえた場合、町の者を試し斬りの標的にすることも多々あった。いわゆる「辻斬《つじぎ》り」と称される非合法の試し斬りである。

合法・非合法にかかわらず、生身の人間で試し斬りを行うときは、新刀の刃こぼれを避けるために、首を斬るのが一般的とされていた。お栄夫婦もまさに一太刀で頸《くび》を斬られていたのである。理由なき殺人の「理由」としては平仄《ひょうそく》が合う。

（むごいことを……）

あらためて志乃の胸中に、やり場のない怒りと悲しみがこみ上げてきた。床についても、気持ちが昂《たかぶ》ってなかなか寝つかれない。

まんじりともせず、夜を明かした。

翌朝――。

五ツ（午前八時）を少し回ったころ、志乃は蠣殻町の『風月庵』の戸口に立っていた。

「おはようございます」

屋内に声をかけると、がらりと戸が開いて、幻十郎が顔をのぞかせた。

「おう。早いじゃないか。どうした？」

「旦那《だんな》にちょっとお話ししたいことが……」

ためらうように視線を泳がせる志乃へ、

「中で聞こう」

幻十郎はあごをしゃくってうながした。ふたりが板間の奥の六畳の部屋に入ると、歌次郎がすかさず茶を運んできて、

「どうぞ」

と、茶盆をおいて、用があったら呼んで下さい、と部屋を出ていった。

「で、話というのは？」

幻十郎が訊《き》く。

「じつは、夕べ……」

昴る気持ちを抑えるように茶を一口すすり、志乃がぽつりぽつりと昨夜の出来事を語りはじめた。幻十郎は茶を飲みながら黙って聞いている。事件の始終を語り終えて、

「ひどい話だと思いませんか？」

志乃が眉宇《びう》をよせてそういうと、

「確かにひどい話だ。……だが、そのことは、もう忘れたほうがいい」

意外な言葉が返ってきた。釈然とせぬ面持ちで見返す志乃に、幻十郎が言葉をついだ。

「殺しが起きるたびにおれたちが関わっていたんじゃきりがねえ。その事件は町方役人にまかせておけばいいさ」

「放っておけってことですか」

志乃が反駁《はんばく》するようにいった。

「おれたちは世間に背を向けて生きている人間なんだぜ」

「………」

「金ずくでやる『仕事』以外、面倒なことにはいっさい関わりを持たねえのがおれたちの掟なんだ」

「そう思ったから、私も見て見ぬふりをしてきたんです。けど……」

「気がとがめるか？」

「………」

応えずに、志乃はふっと目を伏せた。冷静に考えてみると、お針子のお栄とは『井筒屋』の内儀を通して二度ばかり顔を合わせただけの関係であり、もともとは縁もゆかりもない赤の他人なのだ。百万の人口を擁する江戸では、日常茶飯事に殺人事件が起きている。お栄夫婦殺しもその一つにすぎない。幻十郎のいう通り、そんな事件にいちいち関わっていたら際限がないだろう。

「心配するな。いまごろ誰かが死骸を見つけて番屋に届け出てるに違いねえ。それより」

と気づかわしげな目で志乃を見た。

「生計《たつき》のほうはどうなんだ？」

「まだ、いくらかの蓄えがありますから、ひと月やふた月は何とか……」

「そうか。困ったときには、いつでも言ってきてくれ」

志乃が気を取り直すように微笑を返して、

「ごめんなさい。朝はやくからお邪魔してしまって……」

と腰をあげると、気配を察して、奥から歌次郎が飛んできた。

「志乃さん、もうお帰りですか」

「ええ、ご馳走《ちそう》さまでした」

「ゆっくりしてっておくんなさいよ。もう一杯茶を入れやすから」

「せっかくだけど、ちょっと用事があるので……。また寄らせてもらいます」

会釈して背を返す志乃に、

「途中まで送っていこう」

幻十郎が声をかけ、朱鞘《しゅざや》の大刀をつかみ取って部屋を出た。

『風月庵』をつつみ込む木々の梢《こずえ》の間から、春の気配をふくんだ朝の陽光がきらきらとこぼれ落ちている。雑木林の小径を歩きながら、幻十郎が思い出したように、ぽつりといった。

「前から考えていたんだが……、何か商《あきな》いでもやってみたらどうだ？」

「商いを？……私が」

志乃がけげんそうに訊き返す。

「ほかに収入《みいり》があれば、『仕事料』を当てにしなくても暮らしていけるだろう」

「正業を持てってことですか」

「お前には人別があるからな」

人別とは、今でいう戸籍のことである。幻十郎は〝死びと〟として人別から抹殺された男だが、志乃には人別があり、その気になれば生業につくこともできる。

「どこかに空き店《だな》でも見つけて、小商いでもはじめたらどうだ？」

志乃がふと足をとめて、

「旦那」

と、悲しげな目で幻十郎を見た。

「私が足手まといになったんですか」

「そうはいっちゃいねえさ」

「じゃ、なぜ急にそんなことを?」

「いつまでも『井筒屋』の離れに居候《いそうろう》をしていたんじゃ気づまりだろうと思ってな」

「……………」

「それに……」

と幻十郎が語をつぐ。商いを持てば、世間の目をくらますための隠れみのにもなるし、日々の暮らしも安定する。そのほうが志乃にとっても『裏』の仕事がやりやすくなるのでは、と幻十郎は考えたのである。

志乃は反論しなかった。幻十郎の言い分にも一理ある。暮らし向きのことはともかく、たしかに『井筒屋』の離れの暮らしは、何かと気を遣うことが多い。家主の伊兵衛・お兼夫婦とは身内同然の付き合いをしているが、それが逆にわずらわしく思えることもあった。正直なところ、いつか家移《やうつ》りしたいと、志乃自身も心ひそかにそう思っていたのだが……。

「でも……」

と、ため息をつきながら、志乃はゆっくり歩き出した。

「商いをはじめるにしても、家移りするにしても、まとまったお金が要りますからねえ」

「金のことなら心配いらねえさ。おれが何とかする」

「そういってくれるのは嬉《うれ》しいんですけど、旦那に迷惑をかけるのは心苦しいし……」

「水臭えことはいいっこなしだぜ」

と笑って、

「ま、急ぐ話じゃやねえ。ゆっくり考えておいてくれ」

いいおいて、逡巡《しゅんじゅん》する志乃をふり切るように、幻十郎は足早に去っていった。

2

雲ひとつない晴天である。

ふりそそぐ陽差しは、春というより初夏を思わせるほど強い。

蠣殻町で志乃と別れた幻十郎は、日本橋通りを京橋方面に向かって歩いていた。

——お栄夫婦殺しの件は忘れろ。町方役人にまかせておけばいい。

と志乃にはいったものの、やはりその事件が気になって、北紺屋町に足を向けたのである。

白魚屋敷の海鼠塀《なまこ》が切れたところで、幻十郎は足をとめて、前方に目をやった。北紺屋町の一角に人だかりがしている。その人垣の奥に、あわただしく出入りする町方同心や、お栄と仲吉の死体を戸板にのせて運び出している小者たちの姿が見えた。

海鼠塀の角に佇立《ちょりつ》してその様子を見ていた幻十郎の目が、野次馬の群れの中にひとりの男の姿をとらえていた。右頰に特徴的な痣《あざ》のある破落戸《ごろつき》ふうの男である。身の丈五尺一、二寸。短軀《たんく》のわりに肩幅が広く、蟹《かに》のような体型をしている。

男の挙動は、周囲の野次馬たちのそれとは、明らかに違っていた。両手をふところに突っ込んだまま、鋭い目つきで町方役人の動きを追いつつ、その耳は小者たちに指示を与えている同心の声を聞き逃すまいと、ピンとそばだっている。

(探りを入れにきたか)

直感的に幻十郎はそう思った。

やがて、男がくるりと踵《きびす》をめぐらせ、逃げるようにこそこそと立ち去るのを見て、幻十郎は何食わぬ顔で歩を踏み出し、見え隠れに男のあとを尾けはじめた。

男は、京橋川の北岸の道を下流に向かって、恐ろしく速い足取りで歩いて行く。

この川岸通りには竹を商う商人が多く住んでいる。俗に「竹河岸《たけがし》」と呼ばれるように、あちこちの竹置場には、数百本の竿竹《さおだけ》が天を突かんばかりに林立している。

ふいに——男の姿が吸い込まれるように、竹置場の路地にかき消えた。とっさに幻十郎も身をひるがえして路地に駆けこんだ。その瞬間、

しゃっ！

二本の白刃がうなりをあげて飛んできた。刹那《せつな》、幻十郎は上体をわずかにそらして、不意打ちの切っ先を紙一重でかわし、二の太刀が飛んできたときには、一間ほど後方に跳びすさっていた。斬撃《ざんげき》を送ってきたのは、ふたりの屈強の浪人だった。いずれも月代《さかやき》や髭《ひげ》を伸ばし放題にした、凶悍《きょうかん》な面《つら》がまえの浪人者である。ふたりの背後には、先刻の蟹のような男が薄笑いを泛《う》かべて立っていた。

「仙次に何か用か？」

浪人のひとりが刀を中段に構えながら、野太い声で訊いた。「仙次」というのは、〝蟹〟の名らしい。

「別に……、おれはこの道を歩いていただけだ。おぬしたちにとがめられる覚えはない」

「とぼけるな！」

もうひとりが怒声を発した。

「仙次を尾けて来たのは分かっている。貴様、何者だ？」

「名乗るほどの者ではない」

「先生！」

仙次が苛立《いらだ》つように叫んだ。

「問答無用だ。殺《や》っちまっておくんなさい！」

「おう」

と応えて、ふたりの浪人が猛然と斬り込んできた。幻十郎はわずかに身を沈めて二本の白刃をかわし、横ざまに走りながら、抜きつけの胴薙《な》ぎを放った。先に斬り込んできた浪人の脾腹《ひばら》が切り裂かれ、凄まじい勢いで血が噴出した。

「ぐえっ！」

奇声を発して前のめりに倒れ伏したその浪人は、脾腹の裂け目から飛び出した臓物を、あわてて腹の中に押し込もうとしている。その様を目のすみに見ながら、幻十郎はすぐさま体を反転させて、もうひとりの斬撃に備えた。

「おのれ！」

怒声とともに横殴りの一刀が飛んできた。下からそれを薙ぎあげる。鋭い鋼の音がひびき、刀が真っ二つに両断されて宙に舞った。間髪を容れず、袈裟《けさ》がけに斬り下ろす。刀刃が浪人の左肩を打ちくだき、あばら骨を断ち切った。わッと叫んで、浪人は朽木《くちき》のように仰向けに転がった。

それを見て、度肝をぬかれた仙次が一目散に奔馳《ほんち》した。逃げ足も恐ろしく速い。幻十郎が振り向いたときには、仙次の姿はもう路地の奥に消えていた。

刀の血ぶりをして鞘に納めると、幻十郎は地面に転がっているふたりの浪人の死骸に冷ややかな視線を落とした。

(お栄夫婦殺しの下手人は、こやつらかもしれぬ)

おそらく仙次という男は、このふたりの浪人者に頼まれて、殺しの現場の様子を探りに行ったのだろう。町方の動きが気になったに違いない。

(しかし、なぜだ?)

殺されたお栄は針仕事の手内職をしながら、つましく生きていた女である。お栄の亭主・伸吉も温厚な堅気の屋根職人で、他人といさかいを起こすような男ではない、と志乃はいった。そんなふたりがなぜ浪人風情に命を奪われなければならなかったのか。

どう考えてもその理由が分からなかった。

(何か裏がありそうだ)

その「裏」を探ってみたいという強い衝動が、幻十郎の心を突き動かしていた。

――おれたちは世間に背を向けて生きている人間なんだぜ。金ずくでやる『仕事』

以外、面倒なことにはいっさい関わりを持たねえのがおれたちの掟なんだ。

志乃にいった言葉とは裏腹に、幻十郎の心を事件の探索へと駆り立てているのは、かつて南町奉行所の敏腕同心として名を馳《は》せた男の、持って生まれた「狩猟本能」なのであろう。


その夜。

幻十郎は、両国広小路の居酒屋『松葉屋』で、『四つ目屋』の鬼八と酒を酌みかわしていた。

「あっしの同業で、文蔵って男がいるんですがね」

まわりの耳を気にしながら、鬼八が声をひそめていった。

「その文蔵の店に岩津藩の上屋敷の奥女中がひそかに出入りしているそうで」

「そうか。……で、何か分かったのか」

「へえ。文蔵に金をにぎらせて、探りを入れさせたところ、分かりやしたよ。あの晩、覆面の侍に襲われた三人の国侍の名が」

金杉橋の近くで殺されたのは、岩津藩の近習頭《きんじゅうがしら》・岡島義右衛門と配下の中山忠清。そして襲撃現場から命からがら逃げ出した若い侍は、徒士頭《かちがしら》の竹内数馬。いずれも筆頭家老・松倉善太夫の息のかかった「二の丸派」の侍だという。

「その数馬って侍は、岩津藩の上屋敷に逃げ込んだのか？」

「いえ」

と鬼八はかぶりを振って、

「それっきり行方知れずだそうで」

「ほう。妙な話だな」

幻十郎は不審げに首をかしげた。

竹内数馬が松倉善太夫の密使であるとすれば、何よりもまず真っ先に江戸藩邸に駆け込んで、藩主の内藤但馬守か、あるいは藩主の側近に善太夫の密命を伝えるはずである。その重大な使命を放棄して、竹内数馬が姿をくらましてしまったというのは、いったいどういう事情《わけ》があってのことなのか。

幻十郎の疑問に鬼八が明快に応えた。

「岩津藩の上屋敷は『三の丸派』の江戸家老・戸田主膳が牛耳っておりやしてね。家臣の大半は『三の丸派』だそうです。そんなところへ一歩でも踏みこんだら、それこそ飛んで火に入るなんとやら、即座に叩《たた》っ斬られるに違いありやせん」

それを恐れて竹内数馬は、江戸のどこかに身を隠したに違いない、と鬼八は推断した。

「なるほど」

幻十郎が深々と首肯する。

筆頭家老・松倉善太夫（二の丸派）と次席家老・石母田釆女（三の丸派）のいずれに理があり、非があるのか定かではないが、両者の抗争に江戸家老の戸田主膳がからんでいるとなると、事態はいよいよ複雑である。

「藩の内紛が表沙汰《ざた》になれば、幕府に改易《かいえき》の口実を与えることにもなりかねん。藩主の内藤但馬守は、家中の騒動をどう見てるんだ？」

「それが……」

猪口《ちょこ》の酒をぐびりと飲みほして、鬼八が応えた。

「殿さまは何も知らねえようなんで」

「知らねえ？」

「一年ほど前から、心の臓をわずらって床に臥《ふ》せっておりやしてね」

上屋敷の家政は、いっさい江戸家老の戸田主膳に任せているという。

「そうか……。そういえば、国元の政務も筆頭家老の松倉善太夫に一任してると歌次はいっていたが……」

「はやい話、殿さまはただの飾り物ってわけですよ」

「お家騒動には、よくある話だな」

苦笑を泛かべながら、幻十郎は猪口の酒を喉《のど》に流しこんで、

「問題は『二の丸派』と『三の丸派』のどっちに理があるのか。それを見きわめるのが先決だ……。すまねえが鬼八、もうしばらく探りをつづけてもらえねえか」

「承知しやした」

3

幻十郎と鬼八が両国広小路の居酒屋で酒を酌みかわしている、ちょうどそのころ、南本所番場町の岩津藩中屋敷の門前に、一挺《ちょう》の微行駕籠《しのびかご》がひっそりと止まった。

駕籠から下り立ったのは、五十がらみの恰幅《かっぷく》のよい武士——江戸家老の戸田主膳である。

主膳は人目をはばかるように、番所わきのくぐり門から邸内にすばやく姿を消した。

大名家の中屋敷は、隠居した藩主や嗣子、庶子、側室などが住まう私邸ともいうべき屋敷である。玄関でうやうやしく出迎えた家士に、

「案内《あない》はよい」

と断って、主膳はずかずかと屋敷の奥へ向かい、殿舎と殿舎をむすぶ渡り廊下をわたって南はずれの部屋の前で足をとめ、がらりと襖《ふすま》を引き開けた。

「お待ち申しておりました」

平伏して主膳を迎え入れたのは、華美な打ち掛け姿の三十三、四の女——藩主・内藤但馬守の側室・お須磨《すま》の方である。やや肥り肉《じし》だが、顔の造りが派手で、見るからに男好きのする女である。部屋にはすでに酒肴《しゅこう》の膳部がしつらえられ、床の間の香炉からは、麝香《じゃこう》の香煙がたゆたっている。

主膳が膳部の前にどかりと腰をすえて脇息《きょうそく》にもたれると、

「どうぞ」

と、たおやかな腕を伸ばして、お須磨の方が酒杯にちろりの酒を満たした。受け取ってゆっくり口に運びながら、主膳が、

「変わりはないか」

と、訊く。

「はい。私も義保《よしやす》も大過なく過ごしております」

義保とは、藩主・内藤但馬守とお須磨の間にできた、今年十六になる庶子のことである。

「お殿さまのご病状はいかがでございますか？」

「日に日に悪うなっている。あのご様子では、あと半年も持たぬだろう。薬石効なく、奥医師も匙《さじ》を投げておるようじゃ」

「さようでございますか」

お須磨の方の表情は変わらない。むしろ冷淡ともいえる顔つきである。

「そろそろお世継ぎを決めておかねばならんのだが、殿がなかなかご決断あそばされぬので、わしも困《こう》じておる」

飲みほした酒杯を膳において、主膳は深々と嘆息をもらした。

内藤但馬守の正室・お由衣《ゆい》の方には、世子となる子がいなかったが、ふたりの側室にはそれぞれひとりずつ庶子がいた。ひとりはお須磨の方の子・義保で、もうひとりはお市の方の子・小太郎である。小太郎は今年元服を迎えたばかりである。

病身の但馬守が病没するようなことがあれば、内藤五万石の家督はふたりの庶子のいずれかが継ぐことになるのだが、それを決めるのはあくまでも藩主の但馬守である。

ところが、側近たちが婉曲《えんきょく》に世継ぎの話を持ちかけると、但馬守は、

「余の病はいずれ治る。世継ぎの心配は無用じゃ」

と、たちまち不機嫌になり、貝のように口をつぐんでしまうので、いまや家中で世継ぎの話をするのは禁忌《きんき》とされていた。

「では、お殿さまの身に万一があった場合、どなたが世継ぎを決めるのですか?」

お須磨の方が心配そうに訊くと、

「案ずるな」

と、老獪《ろうかい》な笑みをきざんで、

「次の藩主の座には、そなたの子・義保をすえる。必ず、わしがすえてみせる」

主膳が自信たっぷりにいった。

「まことでございますか」

「わしのいうことが信じられぬと申すのか」

「いいえ、決してそのような……」

お須磨の方が媚《こび》をふくんだ笑みを泛かべて、しんなりとしなだれかかると、主膳は酒杯を膳において、お須磨の方の肩を抱きかかえ、右手を無造作に胸元にすべり込ませた。

「あれ」

小さく声をあげて、お須磨の方が狂おしげに身をくねらせた。主膳の手が執拗《しつよう》に乳房をもみしだく。着物の襟元がはだけて、豊満な乳房がこぼれ出た。

「あっ」

あわてて襟を合わせようとするとお須磨の方の耳もとで、

「ふふふ、わしがわざわざ中屋敷まで足を運んできたわけは、そなたも存じておろう」

「存じております」

といって、主膳の腕からするりと身をかわして立ち上がり、隣室の襖を引き開けた。

行燈《あんどん》の淡い明かりの中に、唐織緋緞子《からおりひどんす》の豪華な夜具がのべられている。

「さ、どうぞ」

お須磨の方がうながすと、主膳は昂然《こうぜん》と立ち上がってお須磨の方を抱きすくめ、そのまま折り崩れるように隣室へ流れ込んで、夜具の上に押し倒した。

「ああ……」

お須磨の方がやるせなげにあえぐ。主膳の手が荒々しく打ち掛けをはぎ取り、帯をほどいた。たわわな乳房があらわになる。片手で乳房をもみしだきながら、一方の手で裳裾《もすそ》をはらう。肉づきのよい白い太腿《ふともも》が露出する。

お須磨をうつ伏せにさせて、白綸子《しろりんず》の長襦袢《じゅばん》の裾をたくしあげる。むっちりした尻がむき出しになる。熟《う》れた白桃を想わせる豊満な尻に舌を這《は》わせながら、ときおり軽く嚙《か》む。

「ひっ」

と、お須磨の方が小さな悲鳴を上げる。長襦袢をはぎ取り、腰の物をむしり取る。秘毛一糸まとわぬ全裸である。股間に手を差しこむ。その部分はすでに濡れている。秘毛は思いのほか薄い。はざまに指を入れる。肉襞《にくひだ》が火照《ほて》って熱い。

主膳も脱ぐ。小袖を払い落とし、袴《はかま》を脱ぎ捨て、下帯を外す。下腹がぽっこりと突き出ている。その腹の下に隆々と屹立《きつりつ》した一物が鎌首をもたげている。黒光りしたたくましい一物である。巨根といっていい。

お須磨の方は恥じらいもなく、夜具の上に両脚をひろげて仰臥《ぎょうが》している。主膳が膝を折り、おのれの一物をつまんで尖端《せんたん》で恥丘をなでまわす。

「あーっ」

たまらず、お須磨の方が喜悦の声を発して身をくねらせる。主膳は、じらすように一物の尖端ではざまをなでまわしながら、お須磨の方の両膝を立たせ、その間に腰を入れる。尖端がわずかに秘孔を突く。

「も、もっと……、深く……」

駄々をこねるように、お須磨の方が首をふる。

「こうか？」

と、いいながら、ずんと突く。

「あっ……、と、戸田さまっ！」

悲鳴のような声を発して、お須磨の方がのけぞる。豊満な乳房がゆさゆさと揺れる。それを両手でもみしだく。その間も腰の律動はとめない。お須磨の方は髪をふり乱し、あられもなく狂悶しながら、緋緞子の夜具の上を白蛇のようにのたうちまわる。

勢い余って夜具から畳の上にずれ落ちそうになると、そのつど主膳はお須磨の方の両脚をつかんで夜具の上に引き戻し、さらに激しく、強く突き上げる。

「あ、だ、だめ……」

お須磨の方が白眼を向いてのけぞった。全身がひくひくと痙攣《けいれん》している。

「わ、わしもじゃ！」

叫ぶなり、主膳は一物を引き抜いた。白い泡沫《ほうまつ》がお須磨の方の腹の上に飛び散った。けだもののような咆哮《ほうこう》を発して、お須磨の方の体の上にのしかかる。体を重ねたまま、ふたりはぐったりと弛緩《しかん》した。

そのとき……、
足音を消して、すばやく廊下を立ち去る人影がいたことに、ふたりは気づかなかった。

その影は、藩主・但馬守の寵妾《ちょうしょう》・お市の方付きの奥女中・千歳《ちとせ》だった。


「戸田さまとお須磨の方どのが？」

眉《まゆ》をひそめて聞き返したのは、お市の方である。歳は三十二だが、年齢よりはるかに若く見える。抜けるように色が白く、乙女のように清楚《せいそ》な美人である。その前に千歳が正座している。

「これまでも何度か戸田さまがお須磨の方さまのお部屋に入って行かれるところを見かけたのでございますが、まさか、おふたりがあのような仲だったとは……」

「………」

お市の方の顔に驚きの表情はなかった。ただ悲しげに目を伏せただけである。しばらくの沈黙のあと、つぶやくようにいった。

「私も薄々は知っていました」

「ご存じだったのですか」

千歳が意外そうに見た。

「お須磨の方さまとて人の親、わが子を世継ぎにしたいと願うのは、むしろ当然のことでしょう」

あくまでも淡々とした口調である。

「戸田さまは戸田さまで、お須磨の方さまのお子・義保君をお世継ぎにすえて、藩政を私したいという野心があるはず。魚心あれば水心、あのふたりがそのような仲になったとしても、少しもふしぎではありません」

「でも、お殿さまは小太郎さまに跡目を継がせたいと……」

「それはお殿さまのお考えです。私にはそのような欲も野心もありません。ただ、小太郎が元気で伸びやかに育ってくれればと……。それだけが私の願いなのです」

「お方さま……」

と、千歳は悲しげな目でお市の方を見た。

「千歳」

「はい」

「そなたの心づかいは痛いほどよく分かります。なれど、もうあのふたりへの詮索《せんさく》は無用です。小太郎を家中の醜い争いに巻き込ませたくないのです。お世継ぎ問題は、お殿さまの思《おぼ》し召し次第、いずれお殿さまが直々にご裁可を下すことになるでしょう」

物静かな口調でそういうと、お市の方はふっと微笑を泛かべて、

「夜も更けました。さ、何もかも忘れて、今夜はもうお寝みなさい」

「はい」

素直にうなずいて、千歳は腰を上げた。


今朝も抜けるような青空である。

歌次郎は、野菜をいっぱいに詰め込んだ籠《かご》を背負って、江戸橋をわたっていた。

日本橋青物町に食料の買い出しに行った帰りである。

江戸橋をわたると、すぐ右手に伊勢堀に架かる荒布橋《あらめばし》がある。その橋の東側を里俗に照降町《てりふりちょう》という。笠や傘などの問屋と、下駄・草履などの履物問屋が軒をつらねているところから、その名がついた。照降町の手前を右に折れると小網町《こあみちょう》一丁目である。

そこで歌次郎は、

（おや）

と足をとめて不審げに前方を見やった。長屋木戸の前に人だかりがしている。近づいて見ると、長屋の奥にあわただしく出入りする町方同心や小者たちの姿が目に入った。

かたわらの老人に、

「何かあったのかい？」

と、訊くと、

「治兵衛さんとおかみさんが殺されたそうですよ」

老人がしゃがれ声で応えた。歌次郎がさらに何か問いかけようとしたそのとき、

「どけ、どけ！」

突然、声がして、四人の小者が筵《むしろ》をかぶせた戸板をかついで長屋路地の奥から飛び出してきた。野次馬たちがざざっと引き下がって道をあける。戸板にのせられているのは、治兵衛夫婦の死骸であろう。めくれた筵の下から、血まみれの腕がぶら下がっている。

「南無阿弥陀仏、南無阿弥陀仏……」

口の中で題目を唱えながら、手を合わせて見送る老人に、歌次郎が小声で訊いた。

「押し込みでも入ったのかい？」

「さあ」

と、沈痛な顔で首をふる老人に代わって、となりにいた職人ふうの男が、

「ふたりとも刃物でざっくり頸を切られていたそうだ。町方は食い詰め浪人の仕業かもしれねえっていってたぜ」

「浪人？」

歌次郎の目がきらりと光った。


蠣殻町の『風月庵』にもどった歌次郎は、手ばやく朝食の支度をととのえると、裏庭で木刀の素振りをしている幻十郎を呼びに行った。

「旦那、朝めしの支度ができやした」

「うむ」

幻十郎は素振りの手をとめて、もろ肌ぬぎの着物に腕を通し、手拭いで首すじの汗をぬぐいながら、歌次郎のあとについて『風月庵』にもどった。

板間に朝餉《あさげ》の膳がしつらえられている。歌次郎が給仕をしながら、小網町で見聞きしてきた事件の詳細を語りはじめると、最後まで聞き終わらぬうちに、幻十郎が話をさえぎり、

「刃物で頸を？」

念を押すように訊き返した。

「へえ。町方は食い詰め浪人の仕業じゃねえかと」

その瞬間、幻十郎の脳裏に竹河岸で斬り捨てたふたりの浪人の姿がよぎった。

「浪人か……。で、殺された夫婦ってのは？」

「亭主の治兵衛は四十二、女房のお常は三十八。近所でも評判のおしどり夫婦でしてね。治兵衛は古骨買《ふるぼねが》い、お常は神田の油問屋で賄《まかな》いをしてたそうで」

「古骨買い」とは、使い古した傘を買い集める出商いのことで、古傘一本につき四文ないし十二文で買い取り、それを傘屋に卸す。古傘を買った傘屋は、骨を削りなおして新しい紙を張り、再生新品として売る。いまでいうリサイクル商品である。

「何の罪もねえ夫婦を斬り殺すなんて、人間の仕業とは思えやせんよ」

ひょうきんな歌次郎の顔に、めずらしく悲憤の色がにじんだ。

「何もかもそっくりだな。お栄夫婦殺しと……」

治兵衛夫婦も、お栄夫婦と同じように市井《しせい》の片すみでつましく生きていた人間である。人の恨みを買うような夫婦ではない。殺しの手口も酷似している。下手人は同じ仲間と考えて間違いないだろう。とすれば、殺しの目的は何なのか。二つの事件はどこで、どうつながっているのか。ますます謎は深まるばかりである。

「歌次……」

「へい」

「そのへんのところを、もう少し詳しく調べてもらえねえか」

「承知しやした」

うなずいて、歌次郎は手ばやく食事の後片付けをはじめた。それから半刻（一時間）ほどたって、幻十郎の前に姿をあらわした歌次郎は、初老の八卦見《はっけみ》に姿を変えていた。聞き込みのための変装であることはいうまでもない。

「では、行ってめえりやす」

一礼して、歌次郎は出ていった。姿形ばかりではなく、声音《こわね》までも変わっている。道で行き合ったら、鬼八や志乃でさえ気づかないだろう。それほど完璧《かんぺき》な変装術だった。


その日の夕刻。

幻十郎はふと思い立って、納戸《なんど》から砥石《といし》を取り出し、土間のすみで刀を研ぎはじめた。七年前に病没した父親の形見の刀である。無銘の直刀だが、〝五の目乱れ〟の刃文や〝沸《に》え〟にも冴《さ》えざえとした光があり、名のある刀工の作に劣らぬほどの見事な刀だ。

わずかに刃こぼれがあったが、四半刻（三十分）も研ぎつづけると、刃先はかかみそりのように鋭い光を発しはじめた。生前、父はこの刀で人を斬ったことは一度もなかった。町奉行所の同心は、たとえ相手がどんな極悪人であろうと、斬り捨てることは許されなかったからである。捕り物のさいには、奉行所に常備された刃引き、すなわち刃先をつぶした刀を使用する決まりになっていた。

青みをおびて、氷のように冷たい光を放つ刀身をじっと見つめながら、幻十郎は心の裡《うち》で亡き父へ手を合わせていた。形見の刀を血で汚したことへの懺悔《ざんげ》である。

(だが……)

と幻十郎は思い直す。老子の言葉に、

　兵は不祥の器なり
　天道これを悪《にく》む
　止むをえずして　これを用いる
　これ天道なり

とある。

兵とは弓矢・太刀・長刀などの不吉不祥の器物のことである。天道、すなわち天の理法がそれを憎むのは当然のことだが、やむなく兵を用いて人を殺すことがあっても、これまた天の理法である、と老子は説く。

幻十郎も、むやみに人を殺しているわけではない。世の中のためにならぬ者、無辜《むこ》の人々を苦しめる者、平穏な秩序を破壊する者など……、その正体を見きわめ、おのれの良心に従って殺しを請け負っているのである。老子の説を借りれば、これもまた天の理法であろう。

研ぎ上がった刀を鞘におさめて立ち上がろうとすると、ふいに背後の引き戸が開いて、

「ごめんください」

と、志乃が入ってきた。幻十郎が振り向くと、手に下げている刀を見て、

「仕事ですか?」

思わず顔を曇らせた。

「いや、手すさびに刀を研いでいたところだ。……茶でもいれよう」

志乃をうながして板間に上がり、囲炉裏の鉄瓶《てつびん》の湯を急須についで茶を入れた。志乃が部屋の中を見回しながら、

「歌次さんは、お出かけ?」

「うむ。……何か用か」

「先日の話、決めましたよ。家移りする話……」

「空き店が見つかったのか」

「ええ、神田佐久間町に手ごろな店を見つけましてね。さっそく手付けを打ってきました」

「どんな家だ？」

「以前は履物を商う店だったそうです。間口二間ほどの小さな店なんですけど、一階に六畳の部屋と台所、二階に六畳と四畳半の部屋が二つありましてね。家賃も相場よりいくらか安いんです」

「そうか」

「何なら、旦那もごらんになりますか。その家」

「お前が住む家だ。お前が決めればいいさ」

「ま、そうおっしゃらずに、一度見ておいて下さいな」

「うむ」

「じゃ、さっそく」

「今からか？」

「善は急げですから」

と声をはずませて、志乃は腰をあげた。

外に出ると、夕闇はすでに宵闇に変わっていた。闇の奥にちらほらと灯りがともっている。東堀留川の川岸通りを北に向かってしばらく行くと、小伝馬町に出る。右手に見える忍び返しのついた高い塀は、牢屋敷の塀である。その塀にそって、さらに北をさして歩をすすめると、やがて神田川に架かる和泉橋にぶつかる。この橋をわたったところが、佐久間町である。

「ここです」

と志乃が足をとめたのは、佐久間町三丁目の東はずれの角にある小さな町家の前だった。思っていたより小ぎれいで、造りのしっかりした家である。

腰高障子を開けて中に入り、志乃が手さぐりで行燈《あんどん》に灯を入れた。ぽっと淡い明かりがにじむ。そこは二坪ほどの土間になっており、奥に三畳の畳敷きがあった。以前はこの畳敷きが帳場になっていたらしい。

「どうぞ」

志乃にうながされて、幻十郎は畳敷きに上がった。襖を開けて中に入る。六畳の部屋があり、その奥が台所になっている。むろん家具調度類は何もない。部屋のすみずみにまで掃除が行き届いていて、唐紙や障子、畳もさほど汚れていなかった。手を加えなくても、このまますぐ使えそうな家作である。

「どう？」

「使い勝手はよさそうだな」

「私はとても気に入ってるんです」

「じゃ、決まりだ。引っ越しはいつにする？」

「できれば、すぐにでも」

「鬼八に手伝わせよう。費用《かかり》のことは心配するな」

「二階も見ます？」

「いや……、それより腹がへった。この近くで飯でも食おう」

佐久間町からほど近い久右衛門町に、粋な小料理家があった。ふたりはその店に入り、鰆《さわら》の刺し身と焼き蛤《はまぐり》と野菜の煮つけ、そして燗酒《かんざけ》三本を注文した。

「小間物屋はどうかな」

猪口をかたむけながら、幻十郎が唐突にいった。志乃の商いのことである。小間物屋とは、

「昔は高麗等、舶来ものを販《ひさ》ぐを高麗物《こまもの》屋と云い、高麗と小間と和訓近きを以て仮字としたが、今は笄《こうがい》、簪《かんざし》、櫛《くし》、元結、紅《べに》・白粉《おしろい》、あるいは紙入、煙草入等を商う」

と『守貞漫稿《もりさだまんこう》』に記されているように、日用のこまごまとした品を扱う商いである。

この商売の利点は、品物を陳列するのに場所をとらないことと、腐る物ではないので、一度商品を仕入れておけば長期間店に置いておくことができることである。

「そうですねえ」

と、志乃がうなずく。

「どうだ？」

「小間物屋なら、素人の私でもやっていけそうな気がします」

「案外、繁盛するかもしれんぞ」

「さあ、それはどうかしら」

「商売がうまくいったら、そのまま小間物屋のおかみに収まって平凡に生きていくのも悪くはねえだろう」

「それを望んでるんですか？　旦那は」

不満そうな口ぶりで、志乃が問い返した。

「人は誰も楽な生き方を望む」

「私は違います」

志乃が声を尖《とが》らせた。

「仮に商売がうまくいっても、私は一生小間物屋のおかみに収まるつもりはありません。それだけは断っておきますよ」

「何も今から決めつけることはねえだろう。先のことは誰にも分からんさ」

幻十郎が苦笑してそういうと、

「いま決めたわけじゃありませんよ。旦那と出会ったときから、もう私の心は決まっていたんです。死ぬまで旦那と一緒に修羅の道を歩いて行こうって。だから……」

「志乃」

と、目顔でさえぎり、幻十郎は無言で志乃の猪口に酒をついだ。話はそこで途切れ、ふたりは黙然と盃を重ね合った。


外は、降るような星明りである。

かすかにそよぐ夜風が、ほろ酔いの肌に心地よい。

幻十郎と志乃は東堀留川の川岸通りを、寄り添って歩いていた。五ツ（午後八時）をすこし回ったころで、あたりは人の気配もなく、ひっそりと静まり返っている。

久右衛門町の小料理屋を出てから、この道にいたるまで、ふたりは一言も口をきいていない。言葉をかわさなくても、お互いの胸の中にあるものは分かっていた。志乃に商いを持たせようとしたのは、「闇の刺客人」から足を洗わせたいという、幻十郎の思いやりである。むろん志乃も痛いほど分かっている。分かっているだけに、その心づかいが却ってやるせなく、切なかった。

「ねえ、旦那……」

親父橋にさしかかったところで、ふと志乃が足を止めて、

「藤乃屋ってのはどうかしら？」

「ん？」

「小間物屋の屋号ですよ。私の大好きな藤の花の『藤』」

「藤乃屋か……。いい名だ」

「じゃ、決めていいですね」

「うむ」

と、うなずいて歩き出した瞬間、ふいに幻十郎の顔が強張った。志乃もすぐ異変に気づいた。親父橋の向こうから、黒い影が一目散に突っ走ってくる。その後方から黒影が三つ、これも疾風の勢いで追ってくる。

志乃を背後に押しやって、幻十郎は刀の柄頭に手をかけた。人影が親父橋を駆けわたって、まっしぐらにふたりに向かって走ってくる。その影の正体が星明りの中におぼろげに見えた。
二十七、八の侍である。髪をふり乱し、顔をゆがめ、右手に抜き身をひっ下げて必死に走ってくる。橋を渡りきったところで、ふたりの姿に気づき、
「ご、ご助勢を！」

息を荒らげ、すがるような目で幻十郎を見た。言葉を返す間もなく、追手の影が眼前に迫った。いずれも黒布で面をおおった屈強の武士である。幻十郎が侍をかばって三人の前に立ちはだかると、

「どけ！」

ひとりが威嚇《いかく》するように胴間声《どうまごえ》を発した。

幻十郎が鯉口《こいくち》を切ると同時に、

「貴様、邪魔立てする気か！」

「面倒だ。そやつも斬り捨てろ！」

わめくなり、三人が地を蹴って斬りかかってきた。

しゃっ！

幻十郎の抜きつけの一閃《いっせん》が、ひとりを逆袈裟に斬りあげていた。切断された腕が刀をにぎったまま、血しぶきを撒《ま》き散らして高々と宙に舞った。その間に覆面のひとりが志乃を、もうひとりが若い侍に向かって突進していた。

とっさに志乃も懐中の匕首《あいくち》を引き抜いて応戦する。そのかたわらで若い侍が必死に斬りむすんでいる。幻十郎はすぐさま身をひるがえし、志乃に斬りかかる武士の背中へ、叩きつけるような一刀を浴びせた。ばさっと衣服が左右に裂け、むき出しになった背中に、背骨がのぞくほどの深い傷が走った。悲鳴をあげて武士は前のめりに倒れ伏した。

「お、おのれ！」

残るひとりが死に物狂いで斬り込んでくる。幻十郎は片膝をついてすっと身を沈めるや、瞬息のもろ手突きをくり出した。切っ先が武士の喉をつらぬき、首のうしろに突き出た。刀を引き抜くと、武士は半開きの口から血へどを吐き、音を立てて地面に転がった。

「旦那」

志乃が駆け寄ってくる。幻十郎は刀の血ぶりをして納刀すると、道の真ん中に茫然《ぼうぜん》と突っ立っている若い侍のもとに歩み寄り、

「怪我はないか」

と声をかけた。侍は我に返って、丁重に頭を下げた。彫りの深い端整な顔立ちをしている。

「おかげで助かりました。かたじけのうございます」

「差しつかえなければ、おぬしの名を」

「竹内……、竹内数馬と申します」

幻十郎の顔に驚愕《きょうがく》が奔《はし》った。

「竹内？……すると、おぬしは備中岩津藩の……！」

今度は侍が驚く番だった。

「な、なぜ、貴殿はそれを！」

「じつは……」

と、ためらいながら、

「岩津藩の家中に知り合いがいる。名を明かすわけにはいかんが、おぬしと同じ『二の丸派』の侍だ」

とっさに嘘をついた。竹内数馬と名乗った侍の顔に、ほっと安堵《あんど》の色が泛かぶのを目のすみで見やりながら、幻十郎は踵《きびす》をめぐらせて、地面に倒れ伏しているひとりの武士の死骸のかたわらにかがみ込み、やおら覆面を引きはがした。

「この侍に見覚えは？」

数馬がのぞき込んで、けげんそうにかぶりを振った。

「見たこともございません」

「家中の侍ではないのか？」

「違います」

きっぱり否定した。嘘をついている様子はみじんもない。

「では、なぜおぬしを……？」

「分かりません。道を歩いていたら、いきなり斬りかかってきたのです」

「国元で何やら揉《も》め事が起きていると聞いたが」

「いまは何も申し上げられません。私、急ぎの用事がありますので……、ごめん」

一礼すると、数馬は逃げるように足早に立ち去った。不審な目で見送る幻十郎のそばに志乃がすっと歩み寄り、

「ご存じなんですか？　あの侍」

「うむ」

と、険しい顔でうなずき、

「誰かに見られるとまずい。行こう」

志乃をうながして、大股《おおまた》に歩き出した。

第三章　旅籠の女

1

日本橋通旅籠町《とおりはたごちょう》の入り組んだ路地を、竹内数馬は息をはずませて、一目散に走っていた。

町の灯りは、もうほとんど消えている。町木戸もすでに閉まっていた。木戸のない裏路地をひろって、ひた走りに走りながら、

（あの浪人は何者だろう？）

胸の中で同じ言葉を何度もつぶやいていた。幻十郎のことである。

額に二筋の太い傷をきざんだ異相の浪人。恐るべき剣の使い手だった。しかも、自分の素性を知っている。浪人は岩津藩の家中に知人がいるといったが、その人物が「二の丸派」の藩士であるなら、名を伏せる理由はないはずだ。そればかりか、浪人は自

分の名も名乗らなかった。思い返せば、何もかも不可解なことばかりである。ただ、一つだけ確かなことは、あの浪人が「敵」ではないということだけだ。

気がつくと……、

数馬は馬喰町《ばくろちょう》二丁目の路地裏の長屋木戸の前に立っていた。木戸の奥に棟つづきの裏店《うらだな》が二棟、向かい合って立っている。灯りを消してひっそりと寝静まった長屋の、いちばん奥の窓にほんのりと灯影《ほかげ》がにじんでいた。

数馬は四辺の闇《やみ》を用心深く見回して長屋路地の奥に歩を進め、障子戸に手をかけて、しずかに引き開けた。

「数馬さま？」

奥から鈴のように玲瓏《れいろう》な声がして、黄八丈《きはちじょう》の着物を着た二十一、二の女が出てきた。一見、大店の娘ふうの品のよい面立ちをした町娘である。

数馬は三和土《たたき》に足を踏み入れると、すばやく障子戸を閉めて部屋に上がりこみ、

「起きていたのか、お涼」

娘にやさしく声をかけた。お涼と呼ばれたその娘は恥じらうような笑みを泛《う》かべて、

「ちょっと繕《つくろ》いものをしていたので……、お茶でも入れましょうか」

「いや、酒にしてくれ。冷やでよい」

「はい。ただいま」

と台所へ去り、徳利と猪口《ちょこ》を盆にのせて運んでくると、数馬の前につつましげに膝《ひざ》をつき、慣れぬ手つきで酌をしながら、気づかわしげな顔で訊《き》いた。

「で、いかがでございました？」

「だめだ……、屋敷の周辺には主膳の配下の目が光っていて、一歩も近づけぬ」

猪口を口に運びながら、数馬が苦い顔でかぶりを振った。

この夜、数馬は夜陰にまぎれて番町の岩津藩上屋敷の様子をさぐりに行ったのである。三人の覆面の武士に襲われたのは、その帰途だった。

「屋敷の警備がゆるむまで、当分、殿にお目にかかることはできまいな」

「そうですか」

暗然とうなずいたお涼の目が、ふと数馬の肩のあたりに止まり、

「どうなさったんですか、数馬さま！」

「む？」

「肩に血がにじんでいます」

「ああ、これか」

数馬が恬淡《てんたん》と笑って、

「ここへ来る途中、三人の侍に襲われたのだ。大した傷ではない。案ずるな」

「戸田さまのご家来衆でございますか」

「いや、見知らぬ顔だった。岩津藩の藩士ではない」

「見も知らぬお侍がなぜ数馬さまを？」

「ひょっとしたら、主膳が雇った刺客やもしれぬ」

「刺客！」

お涼が瞠目《どうもく》した。数馬は二杯目の酒をぐびりと喉《のど》に流しこみ、

「やつらは血まなこで私の行方を探している。いずれ、この場所も突き止められるだろう。そうなったらお前にも危害がおよぶ」

猪口を盆において、おもむろに立ち上がった。

「ここを出ていかれるのですか？」

「今夜は馬喰町の安宿に泊まる。あとのことは、それからゆっくり考える」

いいおいて、くるりと背を向けるのへ、

「数馬さま」

お涼が立ち上がり、物狂おしげに数馬の背中にとりすがった。

「私のことでしたら、ご心配にはおよびません」

「…………」

「数馬さまがここへ来たときから、私、覚悟を決めておりました。この先何が起ころうと、決して後悔はすまいと。それに……」

数馬がゆっくり振り向いた。

「それに？」

「ここにいたほうがむしろ安全だと思います。私が数馬さまを匿っていることは、誰も知らないんですから」

「これ以上、お前には迷惑をかけたくないのだが」

数馬が笑みを返して、

「そうまでいうなら、厚意に甘えよう。ただし条件がある」

「どんなことでしょうか？」

「女のひとり暮らしでは生活も楽ではあるまい。些少だがこれを受け取ってくれ」

ふところから小判を一枚取り出して、お涼の手ににぎらせた。

「お金なんて……」

「せめてもの私の気持ちだ。納めてくれ」

「………」

一瞬の逡巡《しゅんじゅん》のあと、お涼がふっと微笑を泛かべて、

「分かりました。それで数馬さまのお気がすむのなら……、遠慮なくいただきます」

小判を受け取って、大事そうに帯の間にはさみ、

「お酒、まだ残っています。どうぞ召し上がって下さい」

「ああ」

座り直して、数馬は猪口を手にとった。

「お新香でも持ってきましょう」

と、台所へ去るお涼のうしろ姿に目をやりながら、数馬はふっと嘆息をついた。

(いつになったら、殿にお目にかかることができるのか……)


季節のうつろいは早い。

つい半月ほど前につぼみをつけはじめた稲荷堀《とうかんぼり》の桜の木も、いまはもう満開の花を咲かせ、堀の水面にあざやかな淡紅色の花影を映していた。

稲荷堀からほど近い『風月庵』の濡《ぬ》れ縁の陽だまりで、幻十郎は鳥籠《とりかご》の中の小鳥のヒナに餌《えさ》をやっていた。三日前に裏の雑木林で拾ってきた小雀《こがら》のヒナである。

風に吹き落とされたのか、それとも鴉《からす》に襲われたのか、櫟《くぬぎ》の木の根方に三羽のヒナが落ちているのを散歩の途中で見つけたのだが、そのうち二羽はすでに死んでいて、一羽だけがかすかに羽をふるわせて鳴いていた。それをもち帰って飼うことにしたのである。

拾ってきた当初は、死んだようにぐったりしていたヒナ鳥も、いまは見違えるほど元気になって、川魚の身や炒糠《いりぬか》、野菜くずなどをすって作った擂餌《すりえ》を、おもしろいようによく食べた。

その様を目を細めて眺めていると、ふいに枝折戸《しおりど》がきしむ音がして、市田孫兵衛がせかせかと気ぜわしげに入ってきた。

「ほう、鳥を飼《こ》うたか」

「裏の雑木林で拾ってきた小雀のヒナです。元気になったら放してやろうかと」

孫兵衛はにやりと笑って濡れ縁に腰をおろし、

「放生《ほうじょう》か、よい心がけじゃ」

「孫兵衛どの。皮肉ですか、それは？」

幻十郎が憮然《ぶぜん》といい返した。「放生」とは、仏教の不殺生《ふせっしょう》の思想に基づいて、捕らえた生き物を山野に放ちやる慈悲の行いのことをいう。孫兵衛がその言葉を口にしたのは、人殺しを稼業とする幻十郎への、軽い冗談だったに違いない。ところが孫兵衛は、

「いや、皮肉や冗談ではない」

と真顔で反駁《はんばく》した。

「おぬしとて生身の人間じゃ。慈悲の心を持っていて当たり前だろう」

「つじつまが合いませんな。その理屈は」

「なに」

「慈悲の心を捨てて鬼になれといったのは、あなた方なんですよ」

「鬼になれとは申しておらぬ」

孫兵衛がむきになって反論する。

「世のため、人のために働いてくれと申したのじゃ」

「どんな理屈をこじつけても、人殺しは、しょせん人殺し。慈悲の心なんか持っていたら、この稼業はつとまりませんよ」

「幻十郎」

孫兵衛がおだやかな目で見返した。

「一殺多生《いっせつたしょう》、という言葉を知っておるか」

知っていたが、幻十郎は黙っていた。「一殺多生」とは、一人の悪人を殺すことによって、多くの善良な人間の命が救われるという意味である。出典は『懐硯』の「所《しょ》詮《せん》我が越度になり、一殺多生と孝子との道に叶《かな》ふと思ひ定め……」である。

「おぬしの仕事とは、すなわちそういうことなのじゃ」

「それと慈悲の心とは別ですよ」

幻十郎がにべもなくいう。

「分からん男じゃのう」

「それより、そろそろ本題に入りましょうか」

「本題？」

「〝仕事〟の催促に来たんじゃないんですか」

「まあな……」

図星をさされ、ばつが悪そうに孫兵衛は半白の頭をかいた。

「ようやく見えてきましたよ」

幻十郎がヒナ鳥に餌をやりながら、探索の経過報告をする。内藤五万石の家中に「二の丸派」と「三の丸派」との根深い対立があること、先夜、芝金杉橋の近くで斬殺《ざんさつ》されたふたりの侍が「二の丸派」の国侍であったこと、そのふたりに同行してきた竹内数馬という侍が、覆面の武士の襲撃を逃れて姿をくらましたこと。そして昨夜、東堀留川の川岸通りで、その数馬が三人の侍に襲われたことなどを、かいつまんで話した。

「すると……」

孫兵衛が小さな眼をぎらりと光らせて、

「竹内数馬と申す侍を襲ったのは『三の丸派』の手の者か？」

「いえ。妙なことにその連中は岩津藩の侍ではないんです」

「では、いったい何者なのじゃ？」

「目下、鬼八に調べさせているところです」

「いつごろ、目処《めど》がつく？」

「一両日中には」

「確かだな？」

念を押すように孫兵衛が訊くと、

「どうです？　この食べっぷり」

「何の話じゃ」

「ヒナ鳥ですよ」

「話の腰を折るな。わしは真面目に聞いておるんだぞ」

孫兵衛が苛立《いらだ》つように声を張り上げたが、幻十郎は涼しい顔で、

「待てば海路の日和《ひより》あり。あせらずにお待ち下さい」

「わしが急《せ》いているのではない。楽翁さまにせっつかれておるのだ」

「では、三日のうちにということで」

「間違いないな」

「約束しますよ」

「分かった。一応、殿にはそのように報告しておこう。……また来る」

ごほん、と空咳《からせき》をひとつして、孫兵衛はせかせかと立ち去った。

2

探索に出ていた歌次郎がもどってきたのは、それから半刻ほどたってからだった。

「どうだ、何か分かったか？」

幻十郎が待ちかねたように訊く。

「妙なあんばいになってきやしたよ」

「というと？」

「殺された針子のお栄と古骨買いの治兵衛は、三年ほど前まで『備中屋』の奉公人だったそうです」

「備中屋？」

「京橋丸太新道の産物問屋です。お栄は女中頭、治兵衛は大番頭をつとめていたそうで」

「ほう」

「しかも、そのふたりはほぼ同じ時期に店をやめているんです。いや、ふたりだけじゃありやせん。ほかにも二番番頭や手代が同じころに……」

「店をやめているのか？」

「へえ」

「なるほど、そいつは妙な話だ。ただの偶然とは思えねえな」

「でしょ？　あっしも妙だと思いやしてね。ちょいと探りを入れてみたんですが、意外なことが分かりやしたよ」

「どんなことだ？」

「備中屋は、岩津藩の御用商人なんです」

「なに」

幻十郎の目の奥にするどい光がよぎった。

備中岩津藩の特産品は、繰綿《くりわた》・和紙・蠟《ろう》の三品である。藩内ではこれを「岩津三《さん》白《ぱく》」とよび、藩の専売品として厳しい販売統制をしいていた。ちなみに繰綿とは、綿に加工される前の綿花のことをいう。この「岩津三白」を、江戸で一手に商っていたのが、岩津藩御用達の産物問屋『備中屋』だった。

「ところが……」

歌次郎が話をつづける。

三年前のある日、岩津藩上屋敷の勘定吟味方が四人、突然『備中屋』に乗り込んできて「詮議の筋がある」と主人の宗右衛門に同行を求めたという。

「い、いったい何のご詮議でございましょうか」

と、いぶかる宗右衛門に、

「子細は屋敷で話す」

問答無用とばかりに、四人の侍は宗右衛門を藩邸に連行した。

宗右衛門にかけられた嫌疑は、藩金横領だった。その後の調べで、江戸藩邸に上納すべき三千両が『備中屋』の金蔵から消えていることが判明し、宗右衛門には死罪が申し渡された。

「こ、これは何かの間違いです。身に覚えのないことでございます！」

宗右衛門は必死に潔白を訴えたが、帳簿を改ざんした痕跡《こんせき》が動かぬ証拠となり、翌日、身柄を国元に送られ、岩津城下の仕置場で処刑されたのである。この事件に連座して、宗右衛門の女房・おつなと娘のお涼は『備中屋』を追われ、宗右衛門の信任の厚かった大番頭の治兵衛、二番番頭の弥平、手代の長次、女中頭のお栄の四人は解雇処分となった。

「そのあと『備中屋』のあるじに収まったのは、三番番頭の儀兵衛って男だそうで」

「なるほど、そんないきさつがあったか」

「けど旦那《だんな》」

歌次郎が小首をかしげながら、

「その事件は、もう三年前に決着がついたことですからね。なんで今になって女中頭のお栄や大番頭の治兵衛が殺されなきゃならねえのか、そこんところがいまいち腑《ふ》に落ちやせん」

「うむ」

一瞬の思惟《しい》のあと、幻十郎が訊いた。

「ほかの四人の行方は分からねえのか」

『備中屋』を追われた宗右衛門の女房・おつなと娘のお涼、そして二番番頭の弥平と手代の長次のことである。歌次郎は面目なさそうにかぶりを振って、一応、調べてみたんですが、四人とも散り散りになって、行方はさっぱり分かりやせん、と応えた。

（そうか……）

このとき、幻十郎の脳裏に卒然とあの晩の記憶がよぎった。東堀留川の川岸通りで、竹内数馬が三人の覆面の武士に襲われた事件である。

幻十郎に助けられて危うく命びろいをした数馬は、行き先も告げずに一目散に走り去ってしまったが、問題はその行き先だった。ひょっとすると『備中屋』を追われた四人の誰かが、数馬を匿っている可能性がある。おそらく「三の丸派」も同じ見方をしているに違いない。

「お栄と治兵衛は、そのために殺されたのかもしれねえ」

「なるほど、そう考えりゃ話のつじつまが合いやすね」

「だとすれば……」

幻十郎の顔が険しく曇った。次にねらわれるのは宗右衛門の女房・おつなと娘のお涼、そして二番番頭の弥平と手代の長次。この四人のうちの誰かだ。彼らの行方を一刻もはやく探し出さなければ、第三、第四の犠牲者が出るのは必至である。

「分かってるな？　歌次」

「へい。手を尽くして探してみやす」

打てばひびくような男である。ひらりと立ち上がると、もう姿を消していた。

幻十郎は、ごろりと畳の上に横臥《おうが》して、思案の目を虚空にすえた。

それにしても……、
意外な展開だった。何の脈絡もなく起きたお栄夫婦殺しと治兵衛夫婦殺しの二つの事件が、思わぬところで一本の線につながったのである。さらに岩津藩と備中屋との関係が明らかになったことで、また一つ新たな謎が浮上した。

三年前に起きた藩金横領事件である。

あるじの宗右衛門は、必死に身の潔白を訴えたというが、それを信じるなら、宗右衛門は濡れ衣を着せられたことになる。真犯人はほかにいるはずだ。その犯人とはいったい何者なのか。消えた三千両はどこへいったのか……。いくつかの謎を残したまま、宗右衛門は国元に送還され、即日処刑された。どう考えても処刑を急いだとしか思えない。

(どうやらこの事件は根が深そうだ)

あれこれと思案しているうちに、幻十郎は浅い眠りに落ちていった。

石町《こくちょう》の暮七ッ(午後四時)の鐘で目が醒《さ》めた。

むっくり起き上がると、幻十郎は朱鞘《しゅざや》の大刀を腰にたばさんで、ふらりと『風月庵』を出た。

行き先は京橋である。

陽差しは、かなり西に傾いていたが、町筋はまだ明るい。日本橋通りもあいかわらずの人出である。この通りをまっすぐ南へ行けば京橋に出る。

京橋の南詰めの右手に見える町並みが丸太新道である。

産物問屋『備中屋』は、丸太新道の南はずれにあった。大店と呼ぶにふさわしい豪壮な店構えである。店先には荒筵《あらむしろ》にくるまれた荷を満載にした大八車が何台もとまっていて、人足たちがあわただしく立ち働いていた。

広い土間の奥では、手代や丁稚《でっち》たちが運び込まれた荒筵の荷を、大きな天秤《てんびん》台にのせて計っている。どうやらその荷は、国元から送られてきた「繰綿」らしい。

ややあって、店の前に一挺《ちょう》の町駕籠《まちかご》が止まった。それを待ち受けていたかのように、店の奥から茶の紬《つむぎ》を着た四十五、六の痩《や》せぎすの男が姿をあらわした。眉《まゆ》が薄く、目が細い、見るからにしたたかな面構えの男である。

「行ってらっしゃいまし」

店の者たちに見送られて、男は傲然《ごうぜん》と駕籠に乗り込んだ。向かい側の路地角に立って様子をうかがっていた幻十郎は、その男が『備中屋』のあるじ・儀兵衛であると直感した。

儀兵衛を乗せた駕籠は人混みを縫うようにして、日本橋通りを北に向かっていた。その数間後方を、幻十郎がつかず離れず尾けてくる。

駕籠は日本橋から神田橋、一橋を経由して、飯田町へと向かっていた。すでに夕闇がただよいはじめている。

駕籠のあとを、見え隠れに尾けてきた幻十郎の足が、武家屋敷町のとある辻角《つじかど》で、はたと止まった。ひときわ広壮な屋敷の門前で駕籠が止まり、儀兵衛が夕闇にまぎれて、足早にくぐり門の中へ姿を消していった。

（あの屋敷は……！）

幻十郎は思わず息を呑んだ。若年寄・田沼玄蕃頭意正の上屋敷だった。

田沼意正は、老中首座・水野出羽守忠成の腹心ともいうべき人物である。その田沼と岩津藩御用達商人の儀兵衛がひそかに通じていたのである。この事実をどう理解すべきか、辻角に佇《たたず》んで考えあぐねていると、ふいに屋敷の塀の内側に明かりがよぎり、ほどなく龕燈《がんとう》をかかげた侍が数人、くぐり門からものものしく出てきて、屋敷周辺の巡回をはじめた。

この厳重な警備は何を意味するのか。疑念を残したまま、幻十郎はひらりと身をひるがえして、闇のかなたに走り去った。

3

四日後。

幻十郎の危惧《きぐ》が現実となった。『備中屋』の二番番頭をつとめていた弥平が、大川の百本杭《ぐい》で死体となって発見されたのである。

溺死《できし》ではなかった。死体の頸《くび》には、刃物でざっくり切られた痕《あと》があったという。お栄や治兵衛夫婦殺しとまったく同じ手口である。

「先手を取られたか」

暗然とつぶやく幻十郎の前で、歌次郎が、

「もっと早く弥平の居所を突き止めていれば……」

こんなことにはならなかったのにと、後悔のほぞを噛《か》んだ。ぎゅっと引きむすんだ口元に悔しさがにじみ出ている。

「ほかの三人の行方はまだ分からねえのか？」

「うわさによると、宗右衛門の女房と娘は『備中屋』を追い出されたあと、神田花房《はなぶさ》町《ちょう》で長屋暮らしをしていたそうなんですが、二年前に女房のおつなは肝の臓をわずらって死んだそうです」

「娘のお涼は？」

「母親が死んだあと、長屋を引き払ってどっかに引っ越していったそうで。長屋の連中も引っ越し先は知らねえそうです」

「手代の長次はどうなんだ？」

「つい最近まで本所二ツ目の裏店に住んでいたところまでは突き止めたんですが」

「家移りしたのか」

「いいえ、女を残して突然姿を消しちまったそうで」

「女？」

「本所尾上町《おのえちょう》の水茶屋『蔦屋《つたや》』につとめるお駒って女です。もともとその長屋は、お駒の住まいでしてね。そこに長次が転がり込んだんです」

「その女は長次の居所を知らねえのか」

「まったく心当たりがねえといっておりやす」

「そうか」

と腕組みをしながら、数瞬沈思したあと、

「よし。おれがその女に当たってみよう。おめえは引き続き、お涼の行方を探してくれ」

「へえ」

と、うなずいたものの、

（さて、どうしたものか？）

内心、歌次郎は思案にくれていた。これまでも散々手を尽くして探してみたのだが、お涼の行方だけが杳《よう》としてつかめないのである。そんな歌次郎の胸中を見透かしたように、

「寺はどうだ？」

幻十郎がいった。歌次郎がけげんそうな目で見返した。

「母親を葬った寺だ。花房町界隈《かいわい》の寺を当たってみれば分かるかもしれねえぜ」

「あ、その手がありやしたね」

ぱっと歌次郎の顔が耀いた。おつなの葬儀を出した寺の住職なら、お涼の家移り先を知っているに違いない。

「じゃ、さっそく」

ぺこりと頭を下げて、歌次郎は部屋を出ていった。

陽が落ちるのを待って、幻十郎は本所に足を向けた。

両国橋をわたると、すぐ右手に賑《にぎ》やかな灯りが見えた。本所屈指の盛り場・尾上町の街灯りである。

路地という路地には、嫖客《ひょうかく》の群れがひしめき、三味の音や女たちの嬌声《きょうせい》がさんざめき、居酒屋や煮売り屋の煮炊きの煙が霧のようにたゆたっている。

路地を抜けて表通りに出た。

尾上町の南はずれ、竪川《たてかわ》に面したところに水茶屋『蔦屋』はあった。料理屋や茶屋がずらりと軒をつらねるこの界隈では、比較的小さな造りの茶屋である。柿色ののれんを割って中へ入ると、中年増の無愛想な仲居が出てきて、うろんな目で幻十郎を見た。

「座敷は空いているか」

「はい、どうぞ」

仲居に案内されて、二階座敷に上がり、冷や酒と香の物を注文する。

「お酌はどうしますか」

仲居が無愛想に訊いた。酌婦を呼ぶか、と訊いているのである。

「お駒という女を呼んでくれ」

「かしこまりました」

仲居が出ていって、しばらくしてから女が入ってきた。二十六、七のやや面《おも》やつれした女である。器量は十人並みだが、ぽってりと厚みのある唇が妙に男心をそそる。

「いらっしゃいまし」

幻十郎のかたわらに腰を下ろすと、女はしどけなく膝を崩して、盃に酒をついだ。

「お駒か？」

確かめるように幻十郎が訊いた。一瞬、お駒は警戒するような目で見返し、

「なぜ、あたしの名を？」

それには応えず、幻十郎はふところから小粒を取り出すと、素早くお駒の手ににぎらせた。小粒とは、豆板金の俗称で一両の四分の一、すなわち一分である。場末の水茶屋の酌女にとって、一分はかなりの大金である。お駒の顔がほころんだのを見て、幻十郎がすかさず、

「長次の居所を知りたいのだ」

と訊くと、お駒は急にくすくすと笑い出した。

「何がおかしい？」

「これで三人目ですよ。同じことを訊きにきたのは……」

「三人目？」

「ひとりは二十五、六の、のっぺりした顔の男……」

歌次郎である。

「もうひとりは背が低くて肩幅の広い、やくざふうの男でしたよ。顔にこのぐらいの痣《あざ》がありました」

お駒が親指と人差し指で丸を作った。幻十郎はすぐにピンときた。「仙次」に違いない。

「で、そのふたりには何と応えた？」

「何も」

と、お駒がかぶりを振る。

「応えようがないじゃありませんか。あたしは何も知らないんですから」

「最後に長次に会ったのは、いつだ？」

「四日前です。仕事に行くといって出かけたきり、ぷっつり姿を消しちまったんです」

「仕事、というと？」

「反物の出商いだといってましたけど、いま考えるとそれもあやしいもんですよ。どっかに女でもいたんじゃないですか」

「思い当たるふしでもあるのか？」

「あの人が姿を消す前の日に手紙が届きましてね。たぶん女からだと思うんです」

「手紙を見たのか」

「いえ、あたしの勘ぐりですけど……。あ、そうそう、手紙を読み終わったあとで、あの人、妙なことをつぶやいてましたよ。〝わざくれ〟って」

「わざくれ？」

その言葉の意味は、幻十郎も知っている。江戸の俗語で「ままよ」という意味である。物事の判断に迷ったときや、自暴自棄になったときなどに「どうにでも」なれといった意味で使われることもある。

手紙を読み終えたあとで、長次が「ままよ」、あるいは「どうにでもなれ」という意味で「わざくれ」という言葉をつぶやいたとなると、その手紙の内容とはいったいどんなものだったのか。差し出し人は誰なのか。

「お客さん」

お駒の声で我に返った。

「お酒、どうします？」

空になった銚子《ちょうし》を振りながら、お駒が訊いた。

「いや、もういい」

と、断って腰を上げた。これ以上長居しても、お駒から引き出せるものは何もないだろう。また一つ謎を抱えたまま、幻十郎は『蔦屋』をあとにした。

4

日本橋馬喰町には、公事宿《くじやど》が多い。

公事宿とは、訴訟や裁判のために地方から出てきた人々を泊める宿屋で、そうした客たちの便宜を図るために、法に精通した公事師《くじし》（現代の弁護士のような者）を置いたところから、その名がついた。公事人宿・出入宿・郷宿ともいう。

馬喰町には、およそ百軒ほどの公事宿があり、その周辺には一般客を泊める旅人宿も数多くあった。

お涼が通い奉公をしている『上総屋《かずさや》』も、公事師を置かない一般の旅人宿であった。

一年前に母親を病で亡くしてから、お涼は神田花房町の長屋を引き払って馬喰町の裏店に引っ越し、近くの『上総屋』で下働きをしながら、女ひとりで細々と生きてきたのである。

そんなある晩、突然、竹内数馬がお涼の長屋に転がりこんできた。

「数馬さま、どうなさったんですか！」

お涼は仰天した。髷《まげ》が乱れ、袖《そで》のあたりが裂けて、衣服のあちこちに血が飛び散っ

ている。肩で荒く息をつきながら、数馬は上がり框《かまち》に座りこみ、

「追われている。すまんが、しばらく匿ってくれ」

うめくようにいった。お涼はあわてて土間に下りて、水瓶《みずがめ》の水を茶碗《ちゃわん》にそそいで差し出した。

竹内数馬とは『備中屋』にいたころからの顔見知りである。公用で江戸に出てくるたびに、数馬は『備中屋』をおとずれ、国元から送られてくる三白（繰綿・和紙・蠟）の売れ行きや在庫の過不足などを調べ、あれこれと親切に指示を与えてくれた。

傲慢で居丈高な江戸定府の侍たちと違って、数馬は決して驕《おご》りたかぶることのない純朴で誠実な男だった。そんな数馬に、お涼は心ひそかに惹《ひ》かれていた。

父親の宗右衛門が藩金横領の罪で処刑されたあとも、数馬は一度だけ神田花房町の長屋をたずねてきたことがあった。そのとき数馬は、

「私は、宗右衛門どのの無実をいまでも信じている。あれは濡れ衣だ。私が必ず宗右衛門どのに濡れ衣を着せた者の正体をあばいてやる」

と、力強くいってくれた。それ以来、数馬からの音信はぷつりと絶えた。

『備中屋』を追われたあと、お涼は二度数馬に手紙を出している。一度は母親が死んだとき、二度目は馬喰町の長屋に越してきたときである。だが、二度とも返事はなかった。

（数馬さまのことは、もう忘れよう）

と、あきらめかけたとき、その数馬が突然、命からがら転がり込んできたのである。

お涼が驚くのも無理はなかった。

茶碗の水を一気に飲みほした数馬が、

「国元で……、大変なことが起きている」

とぎれとぎれに語りはじめた。

「筆頭家老の松倉さまが逼塞《ひっそく》を命じられたのだ」

「ご家老さまが！」

藩政改革の推進者であり、「二の丸派」の領袖《りょうしゅう》でもある松倉善太夫が、失政を理由に次席家老・石母田采女がひきいる「三の丸派」の圧力によって逼塞させられてしまったのである。事実上のクーデターだった。

「そのことを江戸表の殿にお知らせしようと、御近習頭の岡島さまや中山さまと急ぎ出府したのだが……」

高輪の大木戸をぬけて芝の金杉橋にさしかかったとき、突然、覆面の一団に襲われ、岡島義右衛門と中山忠清はあえなく落命、かろうじて難を逃れた数馬は、討手の追尾を必死にふり切って、馬喰町のお涼の長屋に逃げ込んだのである。

それから、すでに五日がたっていた。

お涼にとって、その五日間は夢のような日々だった。長屋に帰れば数馬が待っている。そう思うと仕事のつらさも忘れて、心が浮き立った。

長屋に帰って夕飯の支度をととのえ、数馬と差し向かいで食事をする。ただそれだけで、お涼は仕合わせだった。至福のときといっていい。そんな仕合わせな日々が一日でも、一刻でも長く続きますようにと、お涼は心ひそかに願い、祈っていた。

『上総屋』の仕事が終わるのは、六ツ半（午後七時）ごろである。

「お疲れさん。また明日も頼むよ」

帰り支度をすませたお涼は、番頭の声に送られて家路についた。『上総屋』から長屋までは目と鼻の先である。裏手の路地を二丁ばかり行くと、長屋の木戸が見えた。

「ただいま帰りました」

油障子を引き開けて、三和土に足を踏み入れたとたん、

（あら）

と、お涼は立ちすくんだ。行燈の薄明かりの中に二つの人影があった。一つは数馬である。だが、もう一つの影は背を向けているので分からない。いぶかりながら部屋に上がると、

「お嬢さま、お久しぶりでございます」

その影が振り向いた。三十二、三の行商人ふうの男である。

「長次さん！」

お涼の顔に笑みが広がった。男は、かつて『備中屋』の手代をつとめていた長次だった。

「ちょうどよい。お前も話を聞いてくれ」

数馬にうながされて、お涼がふたりのかたわらに腰を下ろした。

「じつは……」

と、長次が居住まいを正して語りはじめた。

「四日前に国元の井坂さまから手前のもとへ手紙が届きましてね」

井坂は、筆頭家老・松倉善太夫配下の近習である。

「明日の夜、御同輩とともに江戸に着くそうです」

「何か急ぎの用事でも？」

お涼の問いかけに、長次は首をふった。

「手紙にはくわしいことは何も書いてありませんでした。とにかく数馬さまに会いたい、会ってから話をしたいと……。そのために手前に連絡《つなぎ》を頼んできたのです」

「ご家老の身に悪いことが起きていなければよいが……」

不安そうな顔でつぶやく数馬の横顔を、お涼は複雑な思いでちらりと見やった。数馬が国家老・松倉善太夫の密使として重要な役割を担っていることは百も承知している。だが、本音をいえば、これ以上危険なことに関わって欲しくなかった。できれば「井坂」にも会って欲しくない、と思った。

「もう一つ、数馬さまにご報告しておかなければならないことが……」

長次が沈痛な面持ちで語をつぐ。

「これは悪い知らせです」

「悪い知らせ？」

「女中頭のお栄と大番頭の治兵衛さん、それに二番番頭の弥平さんが何者かに殺されました」

「まさか！」

数馬とお涼が、ほとんど同時に驚声を発した。ふたりともその事実を知らなかった。まさに寝耳に水である。

「長次、それはまことか！」

「『三の丸派』の仕業に違いありません」

断定だった。数馬とお涼は信じられぬ顔で絶句している。

「その三人から数馬さまの居所を聞き出そうとしたのでしょう」

「とすると……」

数馬が険しい顔で長次を見た。

「いずれお前のところにも、やつらの手が回るかもしれんぞ」

「ぬかりはありません。そう思って早々と住まいを移しました」

お駒の長屋から姿を消したあと、長次は浅草今戸の長屋に居を移したのである。

「お嬢さま、ここは大丈夫なんですか？」

「心配はいりません。私がここに住んでいることを知っているのは、長次さんだけですから」

「でも油断はなりません。くれぐれもご用心なさって下さい」

「すまんな、長次」

数馬が苦渋に満ちた顔で頭を下げた。

「家中の騒動とは何の関わりもないお前たちにまで迷惑をかけてしまって」

「とんでもございません。私たちだって『備中屋』にいたころは、ご家老の松倉さまや数馬さまには散々お世話になったんです。せめてものご恩返しに何かのお役に立てればと……。それに、無念の死をとげられた旦那さまの恨みを晴らすためにも、『二の丸派』のみなさんのお手伝いをしたいのです」

「お涼」

数馬が向き直って、

「いつぞやお前に約束したとおり、松倉さまのご改革が成った暁には、私が必ず宗右衛門どのの汚名をそそいでやる。それまで厄介をかけるが、もうしばらく辛抱してくれ」

「数馬さま」

見返したお涼の目がうるんでいる。ふたりに気づかうように長次が腰を上げた。

「とにかく、明日の晩、井坂さまと山村さまを迎えに行ってまいります」

「私も行こうか」

「いえ、数馬さまは動かないほうがいいでしょう。手前がおふた方をお連れいたします。数馬さまはここでお待ちになっていて下さい」

「分かった。面倒をかけるが、よろしく頼む」

「では」

と一礼して、長次は出ていった。


夕食の後片付けを終えて、お涼は奥の六畳の部屋に数馬の寝床をしつらえ、土間に面した三畳の部屋に自分の布団をしきのべると、仕切りの唐紙を閉めて床についた。

目を閉じても、なかなか寝つかれなかった。殺されたお栄や治兵衛、弥平のことを考えると、あらためて怒りと悲しみがこみ上げてくる。気持ちが昂《たかぶ》って、ますます意識が冴《さ》えてきた。小半刻ほどたったとき……。

「お涼……」

唐紙の向こうで数馬の声がした。

「寝たのか？」

「いえ」

どぎまぎしながら首を振った。唐紙越しに数馬の声がつづく。

「ここにきてから、ずっと考えていたのだが」

「国元のことでございますか」

「それもある。……だが、それだけではない。私とお前のことだ」

「え」

「家中の騒動がおさまり、晴れて国元に帰参がかなう日がきたら……、お前にも岩津にきてもらいたいと思ってな」

「私にも？」

「つまり、私の妻になってもらいたいということだ」

「……！」

お涼は瞠目した。突然の、信じられぬ言葉だった。闇に目をすえたまま、お涼は布団のなかで体を震わせていた。音もなく唐紙が開いて、数馬が入ってきた。お涼は金縛りにあったように身をすくめている。数馬の手がそっと布団をはいだ。

「お涼」

目を閉じたまま、お涼は身じろぎもしない。早鐘のように胸が高鳴った。不安と期待の入り混じった思いで、次の瞬間を待った。

「お前が欲しい」

ささやくようにいって、数馬は布団に体をすべり込ませ、お涼を抱きしめた。熱い吐息がお涼のうなじに吹きかかる。

「よいか?」

お涼は無言で小さくうなずいた。数馬がそっと顔を近づけて、唇を重ねた。

「数馬さま……」

狂おしげにお涼は舌をからめた。数馬の手が腰のしごきをほどき、襦袢《じゅばん》の襟を左右にひろげた。胸元がはだけ、形のよい豊かな乳房があらわになる。両袖を抜いて、襦袢を肩からずり下ろす。お涼は目を閉じたまま、恥じらうように両手で胸を隠した。

数馬が枕辺の火打ち石をとって、行燈に灯を入れた。

「明かりは、いや……」

お涼が小さく首をふる。

「お前の体が見たいのだ」

いうなり、腰の物を引きはいだ。行燈の淡い明かりの中に、一糸まとわぬお涼の白い裸身が浮かびたった。白磁のようにつややかで豊満な体である。

「きれいだ」

つぶやきながら、数馬は目を細めて、愛《め》でるようにお涼の体をやさしく愛撫《あいぶ》した。お涼の肩がかすかに震えている。

数馬の手が下腹にのびた。股間《こかん》に黒々と秘毛が茂っている。意外に多毛である。犯しがたいほど清純な輝きを放つお涼の肉体の、その部分だけが妙に淫靡《いんび》な光をおびて、数馬の欲情をそそった。

指先で秘毛をかきわけ、固く閉じた花びらを開いた。透明感のある薄桃色の肉ひだが行燈の淡い明かりを受けて、ぬれぬれと光っている。男を知らぬ体であることは一目瞭然《りょうぜん》だった。

数馬も寝着をぬいだ。赤銅色《しゃくどういろ》の肌、筋肉質のたくましい体である。一物はすでに天を突かんばかりに怒張している。仰臥しているお涼のかたわらにひざまずき、股間に顔をうずめた。

「あ……」

と、お涼の口から小さな声がもれた。数馬の舌先が秘所をねぶっている。たまらず、お涼は身をくねらせた。かつて経験したことのない、しびれるような快感が体の芯をつらぬいた。

数馬はじれったいほど丹念にその部分を舌で愛撫した。花芯はもうしとどに濡れそぼっている。お涼は狂わんばかりに激しく身悶《みもだ》えして、

「は、早く」

と、口走りながら腰をふる。もはや羞恥心《しゅうちしん》のかけらもなかった。まるで人変わりしたような狂態である。数馬は右手でお涼の片脚を上げて肩にかけ、怒張した一物をゆっくり挿入した。お涼はあられもない声を発して数馬の体にしがみつき、骨がきしむほど強く抱きすくめた。屹立《きつりつ》した一物が肉ひだを押しわけて、根元まで深々と埋没する。

尖端《せんたん》が秘孔の奥の壁を突いた。お涼が「あっ」と小さな叫びを上げる。一瞬、下腹にするどい痛みが走った。だが、その痛みはすぐに峻烈《しゅんれつ》な快感に変わった。

（数馬さまが、私の中に……）

そう思っただけで鳥肌が立った。初めて知った女の悦び。全身の血が駆けめぐっている。お涼は忘我の境地で腰をふった。体の中で快楽の嵐が吹きすさぶ。押し寄せる官能の大波が、お涼のすべてを飲み込み、無限の闇の底へと引きずり込んでゆく。

「あ、だ、だめ……落ちる……、落ちる……」

白眼をむいて、お涼が口走る。

「お、おれも……、果てる！」

叫ぶなり、数馬は一気にそれを引きぬいた。その瞬間、白濁した泡沫《ほうまつ》がお涼の腹の上に飛び散った。放出したあとも、数馬の一物は萎《な》えなかった。もう一度それをお涼の中に挿入する。

「数馬さま！」

悲鳴のような声を放って、お涼がひしと抱きつく。

「お涼」

数馬が耳元でささやいた。

「お前は……おれの妻だ。たとえどんなことがあろうと……決して離しはせぬ」

「夢……、まるで夢のようです」

結合したまま、ふたりはむさぼるように口を吸い合った。見ひらいたお涼の双眸《め》から、滂沱《ぼうだ》の涙がこぼれ落ちた。

第四章　わざくれ橋

1

『四つ目屋』の鬼八から、志乃が小間物屋の店開きをしたと聞いて、幻十郎はその日の夕刻、神田佐久間町に足を向けた。

佐久間町三丁目の東角にさしかかったところで、幻十郎の目に飛び込んできたのは、例の貸屋の軒端にかかげられた真新しい看板だった。墨痕《ぼっこん》あざやかに『小間物商い・藤乃屋』と書かれたその看板の前で足をとめ、店の中をのぞき見た。

あでやかな藤色の小紋を着た志乃が、商品の小間物を並べている。髪をきれいに結い上げ、やや濃いめの化粧をほどこした志乃の横顔は、まるで浮世絵からぬけ出したように華やかで艶っぽい。幻十郎がふらりと中へ足を踏み入れると、

「あら、旦那《だんな》」

志乃が驚いたように振り返った。

「いい店になったな」

「おかげさまで。品物の仕入れは全部、鬼八さんがやってくれたんですよ」

「そうか」

「お茶でも入れましょう」

と、奥へ去る志乃のうしろ姿を、まぶしげに見やりながら、幻十郎は上がり框《かまち》に腰を下ろして、あらためて畳敷きに並べられた小間物を見回した。桐の小筥《こばこ》におさめられた櫛《くし》や簪《かんざし》、丈長《たけなが》、組紐《くみひも》、紅・白粉《おしろい》など、どれをとっても趣味のよい上等な品ばかりである。

ほどなく志乃が茶盆を持ってきた。

「どう？　いい品物ばかりでしょ」

「鬼八の見立てにしては出来すぎだ」

「品物を選んだのは私ですよ」

志乃が微笑《わら》っていう。

「道理でな」

「ところで旦那、〝仕事〟のほうはどうなんですか？」

「手づまりだ」

「何かお手伝いすることでも……?」

「いまのところは、何もない」

「夕飯はすんだんですか?」

「まだだ」

「よかったら、一緒にいかがですか。すぐ支度しますから」

幻十郎は返事をためらった。夕飯までには戻ると、歌次郎にいいおいてきたからである。

「何か用事でも?」

「いや」

「だったら、いいじゃないですか。さ、どうぞ」

と、手をとって幻十郎を奥の部屋に招じ入れた。

六畳のその部屋には、ささやかな家具調度がそろっていた。鬼八が古道具屋で買いそろえてきたものだろう。襖《ふすま》も新しく張り替えられて、見違えるほど小ぎれいになっている。

奥の台所で、志乃が手ぎわよく食事の支度をはじめた。幻十郎は手酌で酒を飲みながら、志乃のうしろ姿をぼんやり見ている。

まな板を叩《たた》く軽やかな音。

土鍋《どなべ》から噴き上がる白い湯気。

味噌《みそ》を焼く香ばしい匂《にお》い。

立ち働く志乃の衣《きぬ》ずれの音……。

その一つひとつが、ひどく懐かしい音であり、匂いであり、光景だった。

幻十郎の脳裏に、ふと別の女の姿が浮かんだ。二年前に死別した妻・織絵である。

志乃のうしろ姿に織絵の姿が重ね絵のように二重写しになっている。忘れかけていたあの悲惨な事件の記憶がよみがえった。


二年前の春。

一日の勤めを終えて、八丁堀の同心組屋敷にもどった幻十郎は、いつも玄関に出迎えてくれる妻の姿が見えないことに不審をいだきつつ、奥の部屋に向かった。

部屋の襖を引き開けた瞬間、幻十郎はぶちのめされたような衝撃を受けて、その場に立ちすくんだ。妻の織絵が男に凌辱《りょうじょく》されていたのである。

男は、南町奉行所の隠密回り同心・吉見伝四郎だった。

「き、貴様、何ということを！」

逆上した幻十郎は、あわてて逃げ出す吉見の背に一刀をあびせ、さらに玄関でとどめの一撃をくれると、すぐさま奥の部屋にとって返した。

「織絵ッ！」

幻十郎がそこに見たのは、妻の変わり果てた姿だった。織絵はみずから懐剣で喉《のど》を突いて自害したのである。

ほどなく、近所の同心の通報で、与力や上役同心が駆けつけ、幻十郎は吉見伝四郎殺害の嫌疑で捕縛され、小伝馬町の牢屋敷に送られた。その後の経緯は前に述べたとおりである。

（あれから、もう二年になるか……）

名状しがたい感懐がこみ上げてきた。運命とは皮肉なものである。いま、幻十郎の目の前にいる志乃は、吉見伝四郎の妻だった女なのだ。

良人《おっと》を幻十郎に殺された志乃、志乃の良人に妻を殺された幻十郎――互いに加害者であり、被害者だったこのふたりが、同じ屋根の下で夕餉《ゆうげ》の膳《ぜん》をかこもうとしている。まさに運命の皮肉としかいいようがなかった。

「できましたよ」

その声で、幻十郎は我に返った。

志乃が箱膳を運んできて、幻十郎の前に置いた。炊きたての飯、野菜の煮物、湯豆腐、焼き味噌がのっている。質素な膳部だが心のこもった手料理である。

「何を考えていたんですか」

志乃が探るような目で訊《き》いた。

「別に」

「仕事のこと？」

「うむ。まあ……」

あいまいに応えて、幻十郎は小鉢の煮物をつまんだ。

「それとも、ほかに何か悩みごとでも？」

「いや、謎解きをしていたのだ」

一瞬の思いつきで、幻十郎はそう応えた。長次が姿を消す前にいい残した「わざくれ」という言葉の謎である。

「わざくれ？」

志乃が訊き返した。

「言葉どおりに受け取れば〝ままよ〟という意味なんだが……。ひょっとしたら、その言葉の裏に何か別の意味が……？」

「旦那」

志乃が箸《はし》を持つ手をとめて、

「それって橋《はし》の名前じゃないかしら」

「橋？」

「日本橋にそんな名前の橋があったと、子供のころ聞いたことが」

「そうか」

幻十郎がはたと膝《ひざ》を打った。

「そういえば、確かに『わざくれ橋』というのがあったな」

わざくれ橋は、東堀留川と箱崎川をむすぶ堀割りの西端にかかる橋の名で、その昔、遊び人がその橋の上に立って吉原遊郭《ゆうかく》に行こうか、それとも芝居見物に行こうかと迷ったすえに、

「ええい、ままよ（わざくれ）」

と、決断したところからその名がついたといわれている。数十年前（安永年間）に
その堀は埋め立てられて、橋も廃されたが、橋の跡地は、いまも里俗に「わざくれ」と呼ばれていた。

長次がつぶやいた言葉が地名だとすれば、その場所に謎を解く鍵《かぎ》があるかもしれぬ。

いずれにせよ、「わざくれ」界隈《かいわい》を当たってみる必要はあるだろう。

幻十郎が『藤乃屋』を出たのは、六ツ半（午後七時）ごろだった。

神田川にかかる和泉橋をわたり、小伝馬町牢屋敷の西側の道をぬけて、東堀留川の

川岸通りに出た。

月に薄雲がかかり、生ぬるい風が吹きぬけてゆく。雨もよいの空である。

日本橋小網町一丁目あたりが、俗にいう「わざくれ橋」で、蠣殻町の『風月庵』とは指呼《しこ》の距離である。

幻十郎は、八丁堀生まれの八丁堀育ちである。南町奉行所の定町回り同心をつとめていたころは、新橋から京橋、日本橋にいたる一帯が幻十郎の持ち場だった。したがって、この界隈の地理には明るい。自分の庭のようなものである。

長次がこの界隈に移り住んだとすれば、まず考えられるのは長屋である。「わざくれ橋」近辺には、賃貸しの長屋が三軒しかなかった。いずれも九尺二間の棟割り長屋である。

一軒ずつ当たってみた。狭い地域なので、聞き込みにそう時間はかからなかった。

長屋住まいの人々は、ほとんどが顔見知りである。「大家は親も同然、店子《たなこ》は子も同然」といわれるように、長屋の住人たちは家族同然の付き合いをしている。新参者が越してくればすぐ分かるはずだ。そう思って三軒の長屋を当たってみたのだが、案に相違して、長次らしき男が越してきたという話はまったく聞かなかった。

――読みがはずれたか……。

さすがに落胆の色は隠せない。あきらめて踵《きびす》を返したとき、闇《やみ》の奥にぽつんとにじむ明かりが目に入った。船宿『舟清《ふなせい》』の軒行燈の明かりである。

（船宿か）

幻十郎の脳裏にひらめくものがあった。

船宿は、釣り客を漁場に運んだり、色町通いの遊び客を吉原や深川の盛り場に送迎する船の待合所である。客の中には船宿を密会の場所として使うわけありの男女もいれば、安宿代わりに宿泊する者もいた。

（ひょっとしたら、長次もこの船宿に……）

と思い、『舟清』の引き戸を開けて中に入った。

「いらっしゃいませ」

奥から小女《こおんな》が出てきた。小女といっても若い娘とはかぎらない。下働きの女を総称して小女と呼ぶ。出てきたのは、かなりとうの立った小肥りの女だった。

土間の奥に小座敷が二つあるが、客の姿はなかった。船頭らしき初老の男が、空き樽《だる》に片あぐらをかき、所在なげに煙管《きせる》をくゆらせている。

「少々訊《たず》ねたいことがある」

「どんなことでございましょうか」

「四、五日前から、長次という男が泊まっていないか？」

「さあ、そういうお名前のお客さんは……」

「反物の行商をしていると聞いたが」

「あ、それでしたら、多助さんのことかも」

「多助？」

「昨夜からお泊まりになってます」

（変名を使ったか）

直感的にそう思った。

「その男は部屋にいるのか」

「いえ、つい今し方、どなたかを迎えに行くとおっしゃってお出かけになりました」

「どこへ行くといっていた？」

「行き先は聞いておりませんが、〝鎧《よろい》の渡し〟のほうへ歩いて行きましたよ」

「そうか。邪魔したな」

『舟清』を出ると、幻十郎は日本橋川の川沿いの道を下流に向かって歩を進めた。

〝鎧の渡し〟は、小網町一丁目の鎧河岸と対岸の南茅場町《かやばちょう》をむすぶ舟の渡し場のことである。永承年間、奥州征伐に向かう源義家がここから下総《しもうさ》に渡ろうとしたところ、突然、嵐が吹き荒れて船を出すことができず、鎧一領を海に投げ入れて龍神に祈願し、無事に難をのがれたという。その故事にちなんで「鎧の渡し」とよばれるようになった。

この時刻、渡し舟の運行はすでに終わっている。長次が昨夜から『舟清』に泊まっていたとなると、あらかじめ誰かと「鎧の渡し」で待ち合わせることになっていた、ということも考えられる。

おぼろな月明かりの向こうに船着場の桟橋が見えた。人の気配はない。桟橋に下りる石段にさしかかった瞬間、幻十郎は思わず息を呑んで立ちすくんだ。

石段の下に血まみれの死体が三つ転がっている。いずれも全身を膾《なます》のように斬《ぎ》りにされ、死体から流れ出たおびただしい血が石段を流れ伝って、日本橋川の水面を朱《あけ》に染めていた。

二つの死体は旅装の武士である。もう一体は、三十二、三の商人ふうの男、色白の男前である。その死体が長次であるとすれば、あの手紙の謎も、お駒の家から姿を消した理由も、そして旅装の武士たちの正体も、すべて説明がつく。長次は岩津藩の「二の丸派」の連絡役だったに違いない。

(また先手を打たれたか)

暗然とつぶやきながら、その場を立ち去ろうとしたとき、ふいに前方の闇が動き、四つの黒影がわき立った。四人とも黒布で面をおおい、袴《はかま》を股立《ももだ》ちにした屈強の武士である。幻十郎の手が刀の柄にかかった。

「おれに何か用か?」

「貴様、何者だ」

覆面のひとりが低く、問うた。

「通りすがりの者だ」

「とぼけるな。貴様もこやつらの仲間であろう」

「かまわぬ。そやつも斬り捨てろ」

大兵の武士が下知した。と同時に四人が無言の気合を発して、いっせいに斬り込んできた。とっさに幻十郎は横に跳び、真っ先に斬り込んできたひとりの胴を、抜きつけの一刀で横一文字に切り裂くと、体を反転させて大兵の武士の斬撃《ざんげき》をかわし、片手斬りでもうひとりの首を逆袈裟《ぎゃくげさ》に薙《な》ぎ上げた。瞬息の二人斬りである。

残るふたりが左右に跳んで、挟撃の構えに入った。大兵の武士は上段、もうひとりは正眼に刀をつけている。幻十郎は右に体をひらき、目の位置で刀を水平に構えた。左右いずれの斬撃にも対応できる構えである。

「ええい！」

裂帛《れっぱく》の気合とともに、右方から拝み打ちの一刀、左からは横殴りの一刀が、刃うなりを上げて飛んできた。転瞬、幻十郎は地を蹴《け》って高々と跳躍し、左方の武士の頭上を飛び越えると、着地と同時にその武士の背中を刺しつらぬいた。

すぐさま背を返して、右から斬りかかってきた大兵の武士の刀をはじき飛ばし、返す刀で脳天を叩き割った。さほど力を入れたつもりはなかったが、振り下ろした刀には加速度がついている。ぐさっと音がして頭蓋《ずがい》がくだけ、白い脳漿《のうしょう》が一面に飛び散った。

武士が倒れ伏すのを見届けると、幻十郎は刀の血ぶりをして鞘《さや》におさめ、地面に転がっている四人の武士の死骸《しがい》に冷やかな目をやった。いずれも無羽織だが、衣服は決して粗末なものではない。身なりから推測して、数馬を襲った武士たちの仲間かもしれぬ。

ふいに闇の向こうで人声がひびいた。幻十郎は素早く身をひるがえし、人声とは逆の方向に小走りに去った。

志乃の家で飲んだ酒は、すっかり醒《さ》めていた。

人を斬ったあとは、さすがに気が滅入る。罪悪感などはかけらもないが、人の肉や骨を断ったときの生々しい感触が手のひらに残っているし、鼻先には血の臭いがまとわりついている。それがなんとも不快だった。

酒が飲みたくなった。

蠣殻町の北はずれに稲荷社がある。その前に間口二間ほどの小さな煮売り屋があった。三十四、五の後家らしき年増女がひとりでやっている店である。以前、幻十郎は二度ばかりその店で酒を飲んだことがある。

提灯に明かりが灯っていた。縄のれんを割って中に入る。職人ふうの男がふたり、味噌田楽を肴《さかな》に茶碗《ちゃわん》酒を飲んでいた。奥の席が空いている。そこに腰を下ろし、冷や酒を注文した。

運ばれてきた酒を手酌でやりながら、幻十郎は思案の目を宙にすえた。

奇妙なことに、岩津藩のお家騒動をめぐって起きた一連の事件の裏には、二組の集団が暗躍している。一組は、先刻の黒覆面の武士たちであり、もう一組は、お栄や治兵衛を殺害した浪人どもである。その二つの集団を陰で操っているのが「三の丸派」であることは、ことの経緯から見ても明らかだ。だが、なぜ彼らは二組の集団を使い分けねばならぬのか。その理由が皆目分からなかった。

謎はまだある。黒覆面の武士たちは岩津藩の家中の者ではない。とすれば、一体どこの家中の武士なのか。誰の指示で動いているのか。考えれば考えるほど謎は深まるばかりだ。

二本目の銚子《ちょうし》を飲みほし、卓の上に酒代をおいて外へ出ると、いつの間に降りだしたのか、霧のような雨がけむっていた。月明かりが消えて、四辺は真の闇である。

雨に濡れそぼりながら、幻十郎は帰路をいそいだ。

『風月庵』の丸太門をくぐったところで、雨脚が急につよくなり、たちまち土砂降りになった。まるで盥《たらい》の水をぶちまけたような驟雨《しゅうう》である。あわてて玄関に駆け込んだ。肩の雨滴を払って板間に上がると、奥から歌次郎が飛び出してきて、

「降られましたか」

「間一髪だった。風呂はわいているか」

「へえ」

風呂をあびて着替えをしている間に、歌次郎が酒の支度をして待っていた。煮売り屋で銚子二本をあけてきたばかりだったが、風呂上がりの冷や酒は、また格別である。

「旦那、ようやく分かりやしたよ」

酒をつぎながら、歌次郎がいった。

「お涼の居所か」

「へい。旦那の勘がずばり当たりやした」

幻十郎にいわれたとおり、神田花房町の寺を虱《しらみ》つぶしに当たった結果、お涼の母親・おつなを葬った寺が分かったのである。

「その寺の住職に聞いたところ、お涼は馬喰町の『甚兵衛店《じんべえだな》』に引っ越したそうで」

「そうか。さっそく明日にでも訪ねてみよう」

「旦那のほうは何か分かりやしたか」

「ああ、『わざくれ』の謎が解けたぜ」

「じゃ、見つかったんですね。長次が」

「見つけたさ。死体でな」

「ええッ」

仰天する歌次郎に、事の一部始終を語り、

「いよいよ、残るのはお涼ひとりだ。敵も血まなこになってお涼の行方を捜しているに違いねえ。そのことを一刻もはやく知らせてやらなきゃ……」

うめくようにいって、幻十郎は猪口《ちょこ》の酒をあおった。雨音がますます高まり、風も出てきた。

「ひでえ吹き降りだな」

突如、濡れ縁の障子に青白い閃光《せんこう》が奔り、すさまじい雷鳴がとどろいた。

2

翌朝――。

昨夜の大雨が嘘《うそ》のように、一片の雲もなく晴れわたった空から、まばゆいばかりの陽光が降りそそいでいる。

いつもよりやや早めに朝食をとると、幻十郎は塗り笠をかぶって『風月庵』を出て、馬喰町に向かった。蠣殻町から馬喰町までは、四半刻（三十分）ほどの距離である。

『甚兵衛店』はすぐに分かった。公事宿や旅籠《はたご》が軒をつらねる大通りから、二本目の裏路地にあった。長屋の男どもはすでに仕事に出かけ、女房たちは家の中で手内職に精を出しているのだろう。子供たちだけが喚声をあげながら、長屋路地を駆け回っている。

「ごめん」

と声をかけて、障子戸を引き開けると、奥から出てきた男が、

「どなたかな？」

警戒するような目で見た。竹内数馬である。笠の下の幻十郎の顔に驚きの色はなかった。数馬がここにいることは、ある程度予測できたことである。むしろ驚いたのは数馬のほうである。塗り笠をはずした幻十郎の顔を見て、

「貴殿は！」

驚愕《きょうがく》のあまり、思わず後ずさった。

お涼は勤めに出たらしく、部屋の奥に人の気配はなかった。なぜここが分かったのだ、と険しい顔で問いかける数馬に、

「おぬしの耳にぜひ入れておきたいことがある。命にかかわる重大な話だ」

「その前に訊《き》きたいことがあります。貴殿はいったい何者なのですか」

「死神幻十郎と名乗っておこう」

「死神！」

「さるお方からの依頼で、岩津藩の騒動の実情を探っている」

「ま、まさか、公儀の探索方では」

数馬の目に猜疑《さいぎ》の光がよぎった。幻十郎はかぶりを振ってそれを否定した。

「くわしいことは申せぬが、おぬしたちの敵でないことだけは確かだ」

「――どうぞ」

気を取り直して、数馬は幻十郎を部屋に招じ入れた。

「で、話というのは？」

「昨夜、〝鎧の渡し〟で長次という男が殺された」

「何ですって！」

「ふたりの侍、共々にな。おぬし、その侍に心当たりは？」

「…………」

数馬は沈痛な面持ちで目を伏せた。

「あるのだな？」

一拍の間があった。数馬がゆっくり顔を上げ、肺腑《はいふ》をしぼるような声で応えた。

「そのふたりは国元の近習頭・井坂さまと山村さまです。昨夜、長次がふたりをここに連れてくる手はずになっていたのです」

「そのふたりが江戸に出てきた目的は？」

「わかりません。国元でまた何か新たな動きでも……」

言葉を切って、戸惑うように目を泳がせる数馬に、幻十郎が、

「もう一つ訊くが」

と矢継ぎ早に問いかける。

「三年前に『備中屋』で起きた藩金横領事件、あれも『三の丸派』が仕組んだことなのか」

「確証はありませんが、私はそう見ています。国元の次席家老・石母田采女と江戸家老・戸田主膳、そして『備中屋』の三番番頭・儀兵衛が通謀して仕組んだことではないかと」

「藩金の三千両はどこへ消えたと思う？」

「公辺への賄賂《まいない》として使われたのでしょう」

「賄賂？」

江戸家老の戸田主膳は、数年前から藩主・内藤但馬守の幕閣入りを図って、幕府の要路に多額の賄賂を贈っていたという。ために藩の財政は逼迫《ひっぱく》し、士民の暮らしは困窮、岩津五万石の屋台骨は大きくゆらいだ。そうした放漫財政を改革するために、筆

頭家老の松倉善太夫は、徹底的な節倹政策を施行して、財政再建に着手したのである。

これに強く反発したのが、次席家老の石母田釆女を領袖とする「三の丸派」だった。

「石母田は、松倉さまの改革政治を失敗と讒言《ざんげん》して、力ずくで逼塞《ひっそく》させてしまったのです」

「その事実を内藤但馬守は知らぬのか」

「江戸藩邸は『三の丸派』の江戸家老・戸田主膳に牛耳られています。病床の殿には何も知らされていないのでしょう」

「これから、おぬしはどうするつもりなのだ?」

「江戸詰めの藩士の中にも、『三の丸派』の専横を了としない者が何人かいるはずです。いずれ時機を図ってその者たちと連絡《つなぎ》をとり、国元で起きている一部始終を殿のお耳に入れてご裁可を仰ごうと……、それが私に課せられた使命なのです」

「しかし」

幻十郎が厳しい顔でかぶりを振る。

「おぬしは『三の丸派』に命をねらわれている。早晩、この長屋にも探索の手が迫る。その前にここを出て、ほかの場所に身を隠したらどうだ?」

「ご忠告はありがたいのですが……、いますぐここを出るつもりはありません」

「出られぬわけでもあるのか」

「それは……」

と、いいかけたとき、がらりと障子戸が開いて、お涼が入ってきた。

「お涼」

数馬が振り返ると、お涼は幻十郎の姿に気づいて、三和土《たたき》に踏み入れた足を思わず退いた。

「お客さまでしたか」

「私の知人だ。どうした、忘れ物でもしたのか」

「いいえ、買い物に出たついでにちょっと……」

気まずそうに目を伏せるお涼を見て、幻十郎は腰を上げ、

「くれぐれも気をつけてな」

数馬に小声でいい、三和土に佇むお涼にちらりと目礼して、足早に立ち去った。

(女か……)

馬喰町の路地を歩きながら、幻十郎は胸のうちでつぶやいた。お涼のことである。

竹内数馬があの長屋を出られない理由は、お涼のことを気づかっているからであろう。

その心づかいが仇《あだ》にならなければと思いつつ、一方では、

(あの男なら、むざむざ殺されるようなこともあるまい)

とも思った。いずれ「三の丸派」の手が自分の身に迫るであろうことは、誰よりも数馬自身が知っている。いまは長屋を出られないといったが、腹の底ではきっと何か策を立てているに違いない。そういう自負が数馬の言葉にこめられていた。

前方に鬱蒼《うっそう》と葉を茂らせた木立が見えた。初音《はつね》の馬場の樹林である。馬場の手前を右に折れ、横山町をぬけて薬研堀に足を向けた。鬼八に岩津藩上屋敷の探索を依頼してから五日たつが、いまだに何の連絡もなかった。そのことが気になって鬼八の『四つ目屋』を訪ねようと思ったのである。

薬研堀に面した表通りから、人ひとりがやっと通れるほどの狭い路地に足を踏み入れると、路地の奥まったところに「四つ目結び」の看板が見えた。鬼八の店である。腰高障子を引き開けて中に入ると、昼寝でもしていたのか、鬼八が小さな目をしょぼつかせながら出てきて、幻十郎を奥の部屋に招き入れた。

「岩津藩の動きはどうだ？」

腰を下ろすなり訊いた。

「いまのところ変わった様子はありやせん。外から見るかぎり静かなもんです」

「そうか。実はな……」

鬼八がいれた茶をすすりながら、幻十郎は昨夜の事件のあらましを話し、

「どうやら、その覆面の侍は、岩津藩の家中の者ではなさそうだ。『三の丸派』が他

家の侍に三人の殺しを依頼したんだろう」

「けど、なんでわざわざ他家《よそ》の侍を使わなきゃならねえんですか?」

「『二の丸派』の目をあざむくためだ」

つまり、カモフラージュである。竹内数馬を襲った武士たちも、岩津藩の家中の者ではなかった。第三者を「刺客」として使うことによって、内紛そのものを幕府の目から隠蔽《いんぺい》してしまおうという目論見もあったに違いない。そして、それを画策したのは、江戸家老の戸田主膳ではないかと幻十郎は推断した。

大名家の江戸家老は、藩邸の家政のほかに幕府や諸侯・旗本との渉外役として、いわば外交官のような役割も果たしていた。職掌柄、諸方に広い人脈を持ち、顔も利いた。他家の家士を金で抱き込み、「刺客」に仕立てるぐらいのことは造作もないことであろう。

「黒幕は主膳、と見て間違いねえだろう」

「分かりやした。的《まと》を主膳にしぼって張り込んでみやす」

むろん、鬼八ひとりで四六時中岩津藩の上屋敷を張り込むわけにはいかない。町方の手先をつとめていたときの子分を使うつもりなのだ。それと察した幻十郎は、

「手間ひまのかかる仕事になる。これは当座の費用《かかり》だ」

と、二両の金子を鬼八に手渡し、

「そのうち主膳は必ず動き出す。見逃さねえようにしっかり頼んだぜ」

いいおいて、立ち上がった。

3

じりっ、と燭台《しょくだい》の灯がゆれた。

戸田主膳は、文机の前に端座して、一通の書状に視線を走らせていた。

そこは岩津藩上屋敷内の家老屋敷の奥書院である。主膳が目を走らせている書状は、「鎧の渡し」で斬殺された近習頭の井坂が所持していた密書だった。書面に点々とにじんでいる暗褐色の染みは、井坂の血痕であろう。

昨夜、井坂や山村、長次たちを襲撃した覆面の武士のひとりが、斬殺した井坂の懐中からその密書を見つけて、ひそかに戸田主膳に届けたのである。その直後、井坂たちの死体を片づけるために現場に残った四人が、得体のしれぬ浪人（幻十郎）に殺されたのだが、その知らせはまだ主膳のもとに届いていなかった。

「ご家老」

廊下で、低い声がした。主膳は書状から目を離して、ゆっくり振り向いた。

「比留間《ひるま》か……。入れ」

「はっ」

襖が開き、目つきの鋭い武士がうやうやしく一礼して、主膳の前に膝行《しっこう》した。岩津藩横目（監察）頭・比留間伝八郎である。

「善太夫の密書を手に入れたぞ」

苦々しい顔で書状を比留間の前に差し出し、

「これによると、『二の丸派』はお市の方の子・小太郎君を内藤五万石の世継ぎに据えようと策動しているようだ」

「小太郎君をお世継ぎに！」

比留間が瞠目した。

「同じ妾腹《しょうふく》の子でありながら、殿は、ことのほか小太郎君をご鍾愛《しょうあい》なさっておられる。『二の丸派』からかような建言がなされれば、殿も喜んでこれに応じるであろう」

そうなれば形勢は一気に逆転し、「二の丸派」が藩の主導権をにぎることになる。

「さいわい、殿のお目に触れる前にこの密書を手に入れることができたが、しかし、これですべてが決着したわけではない。『二の丸派』とてこのまま黙ってはおらぬだろう」

「ご家老」

比留間がかみそりのような鋭い目で見返した。

「『二の丸派』の息の根を止めるためにも、禍いの芽は早めに摘み取っておいたほうがよろしいかと」

「じつは、わしもそれを考えておったのだ。公儀の手前、これ以上内輪の争いをつづけるわけにはいかんからな。そろそろこのへんでけりをつけておかねば、内藤五万石の足元が危うくなる」

「手前がその仕事を……」

「やってくれるか」

「はっ」

と低頭して比留間が出て行くと、廊下からかすかな風が流れこみ、燭台の灯がまたじりっとゆれた。その明かりを受けて、ふっと笑みを泛《う》かべた主膳の顔が妖《あや》しげにゆらいだ。

南本所番場町の中屋敷に、比留間伝八郎と配下の横目三人が姿を現したのは、それから小半刻後だった。四人は応対に出た下士たちに、

「立ち会い無用」

と、いい捨てて、ずかずかと邸内に踏み込み、西奥のお市の方の部屋に向かった。

時刻は戌《いぬ》の上刻（午後七時）。ちょうど奥女中たちが、お市の方と小太郎の臥所《ふしど》を

しきのべて退出したあとである。いきなり襖を引き開けて踏み込んできた四人の侍を見て、

「何事でございます！」

お市の方は本能的に危険を察知し、小太郎をかばって後ずさった。その前に傲然と立ちふさがった比留間が、

「謀叛《むほん》の嫌疑により、お方さまにはしばらく下屋敷に蟄居《ちっきょ》していただく」

「謀叛！」

「国家老・松倉善太夫どのと共謀して、お家転覆を謀った嫌疑」

「ま、まさか、そのような！……、私にはまったく身に覚えのないことです。いったい何を証拠に……」

「証拠はこれでござる」

と突きつけたのは、例の密書である。

「この密書が動かぬ証拠。もはや言い逃れはできませんぞ」

「し、知りません。私は何も知りません！」

「問答無用。引っ立てい！」

配下に下知した。ふたりの横目がすかさずお市の方の両腕をとり、ひとりが小太郎の手をとって引きずるように部屋から連れ出し、西奥の殿舎から裏門に出た。事前に

用意されていたのだろう。そこには二挺の駕籠が止まっていた。

　裏門の門扉がきしみを立てて開き、比留間と横目三人に厳重に警護された二挺の駕籠が出てきた。そのとき、斜め向かいの路地角にちらりとよぎる人影があったが、一行は気づかずに闇のかなたに去っていった。

　二挺の駕籠は、吾妻橋をわたり、浅草御蔵前の広い通りを南下して、元旅籠町の角を西へ折れて三味線堀のほうへ向かってゆく。その五、六間後方を、猫のように忍びやかに尾けてゆく人影があった。頬《ほお》かぶりに紺の半纏《はんてん》、股引き姿のその影は、鬼八が手間賃を払って岩津藩の上屋敷に張り込ませていた子分・洲走《すばし》りの三次だった。比留間たちが上屋敷を出たときから、ずっと尾けていたのである。

　やがて一行は、三味線堀の下屋敷の門内に、吸い込まれるように消えていった。それを見届けるや、三次は屋敷の裏手にまわり、ふところから鉤縄《かぎなわ》を取り出して、築地《ついじ》塀《べい》の外に張り出している大欅《おおけやき》の枝めがけて投げた。

　かちっ、と鉤先が欅の枝を咬《か》む。次の瞬間、三次の体は振り子のように宙を舞い、音もなく築地塀の内側に消えていった。

　下り立ったのは、中間部屋の裏手だった。以前、歌次郎が探りに入った中間部屋である。今夜もその部屋では賭場《とば》が開かれていた。小さな格子窓から、丁半博奕《ばくち》に興じる男たちの熱気とどよめきがもれてくる。

三次は地をなめるように背をかがめて、入り組んだ路地を走った。

垣根から垣根へ、植え込みの陰から陰へと闇を拾いながら走り、広い庭に出たところで、はたと足を止めて前方の闇に目をこらした。

木立の奥にちらちらと提灯の明かりがゆれている。庭のすみの石灯籠《どうろう》の陰に身をひそめて、じっと息を殺して見ていると、比留間たちがお市の方と小太郎を引っ立てて目の前を通りすぎ、庭の北はずれにある土蔵のほうへ去っていった。

三次はすぐさま身をひるがえして、土蔵の裏手にまわり込み、転がっていた空き樽《だる》を踏み台にして、高窓から中をのぞき込んだ。

内部はただの土蔵ではなかった。出入り口は頑丈な二重扉でふさがれ、土間の左右には太い格子で仕切られた板敷きの部屋が二つあった。部屋というより、それはまさしく牢である。

横目のひとりが格子扉を開けて、

「入れ」

と、荒々しくお市の方と小太郎を別々の牢に押し込む。お市の方が牢格子に取りすがって、悲痛な叫びを上げた。

「私たちをどうするつもりですか！」

「煮て食うなり、焼いて食うなり、好きなようにしろとご家老から申しつかったのでな」

比留間が淫靡《いんび》な笑みを泛かべた。

「な、ならば、ひと思いに殺して下さい！」

「そうはいかん。そなたたちは、まだ使い道がある。……おい、小太郎君をしばらく外に出しておけ」

「はっ」

ふたりの横目が牢から小太郎を引きずり出し、土蔵の外に連れ去った。

「こ、小太郎に指一本でも触れたら、私が許しませぬぞ！」

「小太郎君には何もせぬ。その代わり……」

ぎらりと目を光らせて、かたわらの荒縄を手に取ると、比留間はおもむろに格子扉を開けて、牢の中に足を踏み入れた。

「な、何をなさるのですか」

お市の方が怯《おび》えるように後ずさる。

「縛る」

というなり、お市の方を羽交締めにして、すばやく両手首を荒縄で縛り、縄尻を牢格子にかけてぐいっと引いた。縄を引くたびにお市の方の両手が吊り上がり、体が反り返る。ほとんど爪先立ちの恰好《かっこう》である。

「乱暴は……、おやめ下さい」

顔をそむけて哀願するお市の方の前に、比留間は嗜虐的な笑みを泛かべて立ちはだかると、いきなり帯に手をかけて、無造作にそれを引き抜いた。

「お願いです。それだけは……」

羞恥のあまり声がふるえた。比留間はかまわず長襦袢のしごきをほどき、着物の前を左右に押し開いた。両手が縛られているので袖は抜けないが、ほとんど半裸である。

比留間の手が最後のものを引き剝《は》いだ。下腹部がむき出しになる。くびれた腰、張りのある太腿《ふともも》、しなやかに伸びた脚。子を産んだ女とは思えぬほど、つややかで均整のとれた肢体だ。股間に黒々と茂る秘毛が欲情をそそる。

「ふっふふ、なるほど。殿がご寵愛《ちょうあい》なされただけあって、みごとな体だ」

粘りつくような視線をお市の体に這《は》わせながら、比留間は乳房をわしづかみして、下からやんわりと揉《も》み上げた。節くれだった比留間の手からはみ出さんばかりの豊満な乳房である。

お市の方は身をくねらせて耐えている。両手で乳房を揉みしだきながら、比留間は中腰になって乳房を口にふくみ、硬くなった乳房を前歯でかるく嚙んだ。

「痛い……」

「ふふふ、殿も同じことをなさったであろう」

つぶやきながら、片手を股間にすべり込ませ、秘毛の奥のはざまを指先で撫《な》で上げる。

「あっ、そのような……。なりませぬ。そ、それは……、なりませぬ」

必死に腰を振って、比留間の指から逃れようとするが、身もがけば身もがくほど指は肉ひだの奥へと食い込んでくる。秘孔の奥が熱くなり、じわっと露がにじみ出てくる。

「おう、濡れてきたぞ」

「い、いや……。やめて下さい」

お市の方の息が荒い。比留間は指先で執拗《しつよう》に秘所をなぶりながら、一方の手で袴をずり下ろし、下帯を外した。はじけるように一物が飛び出す。その手でお市の方の左脚をかかえ上げ、一物の尖端を恥丘に押し当て、切れこみにそって下から上へ撫であげる。その部分はもうたっぷりと濡れている。いきり立った一物をずぶりと差し込む。

「あっ」

と叫んで、お市の方が顔をのけぞらせる。白い喉がひくひくと震えている。一物を根元まで没入させ、左手でお市の方の右脚をかかえ上げる。尻が浮いた形になる。こうすると一物はさらに奥深く没入し、下腹が密着する。そのまま腰を振って、激しく突き上げる。

「あ、ああ……」

お市の方の口から喘《あえ》ぎ声がもれた。縛られた両手に全体重がかかり、牢格子がぎしぎしときしむ。比留間がふいに腰の動きを止めて一物を引き抜き、抱えていたお市の方の両脚を下ろして、両手首の荒縄をゆるめた。ずるっとお市の方の体がずり下がる。

「うしろを向け」

命じられるまま、お市の方は背を返した。両手は牢格子に吊るされたままである。後ろ向きになったお市の方の背中を押しやって前かがみの恰好にさせ、着物の裾《すそ》をたくし上げる。丸い、むっちりとした尻がむき出しになる。お市の方にとって、こんな姿は羞恥のきわみであろう。無意識裡にその部分に力が入り、臀部《でんぶ》がきゅっと締まる。

「力をぬけ！」

お市の方の尻を平手でばしっと張り、怒張した一物をうしろから一気に突き入れた。

「あーっ」

たまらず悲鳴を上げてのけぞった。比留間は両手でお市の方の尻をかかえ込み、容赦なく突き立てる。腰の律動がさらに速く、激しくなる。お市の方は上体を弓のようにのけぞらせ、嗚咽《おえつ》とも喜悦ともつかぬ声を発しながら、昇りつめてゆく。

「おっ、おお！」

比留間も極限に達していた。結合したまま、お市の方の中で放出し、両手を前にまわして抱きすくめる。ふたりとも息をはずませ、水をかぶったように全身が汗で濡れている。

4

昼下がりの強い陽射しが降りそそぐ中、蠣殻町の稲荷堀の堀端で、のんびり釣り糸を垂らしているふたりの男がいた。

幻十郎と市田孫兵衛である。

もうかれこれ半刻（一時間）ほど、釣り糸を垂らしているのだが、釣果はまったくなかった。ぴくりとも動かぬ浮子《うき》に目を据えたまま、

「黒幕は、江戸家老の戸田主膳か……」

独語するように孫兵衛がつぶやいた。

「主膳の背後には、幕閣の大物が控えているような気がします」

「大物というと、田沼か？」

「あるいは、それ以上の……」

それ以上といえば、老中首座・水野出羽守忠成しかいない。

戸田主膳が主君・内藤但馬守の猟官運動のために、幕府の要路に多額の賄賂を贈っ

ていたという事実は、すでにつかんでいる。賄賂政治の元凶ともいうべき出羽守が、岩津藩の内紛に一枚嚙んでいたとしてもふしぎではない。

「だがな、幻十郎」

水面の浮子に目を据えたまま、孫兵衛がいった。

「藩の重臣が主君の出世栄達のために幕府の要路に賄賂を贈るというのは、岩津藩にかぎったことではない。多かれ少なかれどこの藩でもやっておることじゃ。それ自体は悪事とはいえんだろう」

「賄賂の是非はともかく、問題は連中のやり方ですよ。『二の丸派』を封じ込めるために、得体のしれぬ浪人や侍どもを使って罪のない者たちを手にかける。しかも公儀はそれを黙殺している。問題の根はそこにあるんです」

「ふーむ」

とうなって、しばらく考え込んだあと、孫兵衛が困惑げに眉《まゆ》を寄せて、

「殿にはどのようにご報告すればよいのだ？」

「いましばらくのご猶予を、と」

「しばらくでは、殿が承知せん。期限を切ってもらえぬか」

「では、十日」

「十日はかかりすぎじゃ。五日にしてくれ」

「孫兵衛どの」

「ん?」

「引いてますよ」

見ると、浮子がぴくぴく動いている。あわてて釣り竿を引き上げると、浮子がぐんと水中に沈んで、竿の先端が大きくしなった。

「おおっ、これは大物じゃ。幻十郎、手伝ってくれ」

返答がない。

「幻十郎!」

と、振り向いたときには、もう幻十郎の姿は雑木林の奥に消えていた。

「ちっ、食えぬ男じゃ」


『風月庵』に戻ると、奥から歌次郎が出てきて、

「鬼八さんがお待ちです」

と告げた。うむ、とうなずいて板間に上がる。囲炉裏の前で、鬼八が茶をすすっている。その前に腰を下ろすと、鬼八が身を乗り出していった。

「夕んべ岩津藩の上屋敷で動きがありやした」

今朝方、洲走りの三次から報告を受けたのである。

「主膳が動いたのか？」

「いえ、三人の横目が上屋敷から本所の中屋敷に出向いて、藩主の側室・お市の方と息子の小太郎を三味線堀の下屋敷に連れ去ったそうで」

「下屋敷に？」

「しかも、そのふたりがぶち込まれたのは土蔵造りの牢屋だったそうです。そこでお市の方は、横目頭らしき男に散々もてあそばれたそうで」

「ひでえ話だな」

藩主の側室を下屋敷の土蔵に押し込めて凌辱《りょうじょく》する。こんな暴虐非道を横目ごときが勝手にやれるわけはない。

「鬼八」

「へい」

「ひょっとしたら、そのふたりは消されるかもしれねえぜ」

「えっ！」

「そんな予感がしてならねえ。どうやら、こっちから仕掛けるときが来たようだな」

幻十郎の目の奥に鋭い光がよぎった。

第五章　暗殺者

1

二更——亥の中刻（午後十時）。

ひっそりと寝静まった三味線堀の路地を、ひとりの男が足早に歩いてゆく。黒漆《くろうるし》の塗り笠、黒の袖無《そでな》し羽織に裁着袴《たっつけばかま》、黒革の手甲、革の草鞋《わらじ》ばきという異形《いぎょう》のその男は、幻十郎であった。

路上に青白い月明かりが降りそそいでいる。風もなくやや蒸し暑い夜である。

幻十郎は、路地をぬけて、岩津藩下屋敷の裏手にまわった。

邸内もひっそりと寝静まっている。すばやく四辺に目をくばると、腰の刀を鞘《さや》ごとぬいて築地塀に立てかけ、鍔《つば》に足をかけてひらりと塀の上に立った。すぐさま下げ緒をたぐって刀を吊り上げ、塀の内側に身を躍らせた。

トン、と植え込みの陰に下り立つ。

屋敷内の結構は、鬼八の情報を得てほぼ正確に把握していた。迷路のように入り組んだ侍長屋の路地を、迷うことなく一気に走りぬけ、土蔵わきの小径に出た。

土蔵の戸口の前には、煌々《こうこう》とかがり火が焚《た》かれ、警衛の番士がふたり、手槍《てやり》を構えて仁王立ちしている。幻十郎は足音を消してふたりの背後に歩みより、間合いを計って地を蹴《け》った。

気づいて振り返ったひとりの鳩尾《みぞおち》に、刀の柄で当て身をくれ、一方の手でもうひとりの首根をしたたかに打ちすえた。電光石火の早業である。ふたりは声もなく崩れ落ちた。ひとりの腰から鍵束《かぎたば》をはずし、分厚い二重扉を引き開けて中に飛び込んだ。

太い格子で仕切られた牢が左右に二つある。掛け燭《じょく》の明かりをたよりに、牢格子の中をのぞき込んだ。右の牢の奥には女が、左の牢の奥には少年が身を縮めてうずくまっている。お市の方と小太郎である。

幻十郎は番士から奪った鍵ですばやく左右の牢の格子扉を開け、中のふたりに声をかけた。

「逃げるんだ」

「あなたさまは……？」

不審な目で問いかけるお市の方へ、

「わけはあとで話す。さ、はやく」

お市の方と小太郎は、うながされるまま牢から飛び出し、狐《きつね》につままれたような顔で幻十郎のあとについた。土蔵の裏手にまわり、築地塀に沿って裏門のほうに走る。

ほどなく中間部屋の裏に出た。この部屋も明かりが消えて森閑と静まり返っている。

裏門の手前の灌木《かんぼく》の茂みで、幻十郎がふと足を止めた。六尺棒を持った門番がひとり、所在なげに突っ立っている。背後のお市の方と小太郎に、ここで待て、と目で合図を送り、幻十郎は音もなく門番の背後に忍び寄った。気配に気づいて、門番がふり向いた瞬間、
がっ！

と、脇腹《わきばら》に鉄拳がのめり込んだ。小さな呻《うめ》き声を発して、門番は前のめりに倒れ伏した。かんぬきを引きぬいて、門扉を押し開ける。灌木の茂みの陰から、お市の方と小太郎が飛び出してきて、転がるように裏門を走りぬけた。

三人は三味線堀の西の堀端をまっしぐらに南に走り、神田川に架かる新《あたら》シ橋の北詰めを右に折れて、佐久間町に向かった。明かりを消した家並みが黒々と影をつらねている。

闇《やみ》の奥に一軒だけ、ぽつんと軒行燈《のきあんどん》を灯している家があった。志乃の店『藤乃屋』

である。ここにふたりを連れてくることは、事前に志乃に話しておいた。幻十郎がそっと腰高障子を引き開けると、待ち受けていたように奥から志乃が出てきた。

「連れてきたぜ」

「さ、どうぞ」

ためらうように戸口に佇《たたず》んでいるふたりを中へうながし、志乃は軒行燈の灯を消して、ぴしゃりと腰高障子を閉めた。奥の部屋に通されたお市の方と小太郎は、安堵《あんど》と不安の入り混じった表情で、じっと身をすくめている。

「安心しなさい。ゆえあって素性は明かせぬが、私はあなた方の敵ではない」

「せめて、お名前だけでも……」

「神山源十郎、と名乗っておきましょう」

茶盆を運んできた志乃が、

「私は志乃と申します」

と一礼し、ふたりに茶を差し出した。

「ほとぼりが冷めるまで、しばらくここに身を隠したほうがいい」

「ありがとう存じます。おかげで私も息子も命びろい致しました。なんとお礼を申していいやら……」

と、言葉をつまらせるお市の方へ、

「差し支えなければ、くわしい話を聞かせてもらえませんか」

幻十郎がいった。一瞬、お市の方は逡巡《しゅんじゅん》するように視線を泳がせ、しばらく考えたあと、意を決するように語りはじめた。それによると、岩津藩の内紛の一因は、七代藩主・内藤但馬守の後継問題にあるらしい。正室・お由衣の方には跡をつぐ嫡子がなく、但馬守に万一があった場合、庶子の義保か小太郎のいずれかが内藤家の跡をつぐことになるのだが……。

問題の火種はそこにあった。病床の内藤但馬守は、後継問題に関しては固く口を閉ざし、側近たちでさえその胸中を推し量ることはできなかったが、愛妾《あいしょう》のお市の方だけには内々に、余の跡は小太郎に継がせたいと洩《も》らしていたという。そのことを江戸家老の戸田主膳も薄々知っていたのではないか。

「戸田さまは、お須磨の方さまの御子・義保さまをお世継ぎにと考えておられたようです」

「なるほど」

幻十郎が深く首肯した。戸田主膳は、お須磨の子・義保を次期藩主の座にすえ、これを傀儡《かいらい》として藩の実権をにぎろうと目論んでいるに違いない。その主膳にとって、藩主・但馬守の寵愛《ちょうあい》を一身に受けるお市の方と、その子・小太郎は邪魔者以外のなにものでもないのだ。

そこで主膳は一計を案じた。お市の方と国家老の松倉善太夫が結託して謀叛《むほん》を企てていると讒構《ざんこう》し、母子を下屋敷の土蔵に監禁してしまったのである。

「戸田さまは、いずれ私たちを殺すつもりだったのでしょう」

お市の方が声をふるわせていった。戸田主膳は、横目頭の比留間伝八郎に、「煮て食おうが、焼いて食おうが、好きなようにするがいい」といい渡したという。つまり、お市の方と小太郎の生殺与奪権《せいさつよだつけん》を比留間に与えたのである。

横目（正しくは横目付）は、藩内の治安秩序の維持や、家臣たちの非違を監察するのがおもな任だが、身分はわずか三十石の軽輩で、口さがない重臣たちから「番犬」とさげすまれる存在である。その番犬が、藩主の側室を土蔵に押し込め、凌辱《りょうじょく》のかぎりをつくしたのである。お市の方にとっては死ぬほどの恥辱であり、屈辱だったに違いない。

むろん、お市の方はそのことを打ち明けなかった。比留間から受けた仕打ちは、口にするのもはばかられるほど猥褻《わいせつ》きわまりない行為であり、他人はもとより、息子の小太郎の前では絶対に話すわけにはいかなかった。

だが、幻十郎は鬼八から聞いて、その一部始終を知っている。

「今後のあなた方の身の振り方だが……」

幻十郎がおもむろにいった。

「竹内数馬どのに相談してみたらいかがですか」

「数馬どのが！……江戸におられるのですか」

「国家老の密使として江戸に出てきたのですが、『三の丸派』の刺客に追われて、いまは市中のある場所に身をひそめています。あなたが会いたいと申すなら、さっそく明日にでも数馬どのと連絡を……」

「そうしていただければ助かります。ぜひお願い致します」

すがるような目で、お市の方が頭を下げた。


翌日の昼ごろ。

幻十郎は馬喰町の『甚兵衛店』に竹内数馬をたずねた。お涼は勤めに出ていていなかった。数馬は、お上がり下さいといったが、それを断って、

「話がある。近くで、そばでも食わんか」

と長屋の近くのそば屋に誘った。ちょうど昼時だったが、店内はさほど混んでいなかった。奥の卓に腰を下ろして、幻十郎は蒸籠《せいろ》そばと冷や酒を、数馬はかけそばを注文した。人の目が気になるのか、数馬の態度が落ちつかない。店内をきょろきょろ見回しながら小声で、

「話というのは？」

「じつは……」

といいかけたところへ、女中がそばと酒を運んできた。幻十郎は猪口《ちょこ》に酒をついで一気に飲みほすと、声をひそめていった。

「内藤但馬守の側室・お市の方と息子の小太郎君を預かっている」

「えっ」

箸《はし》を持つ手が止まった。一瞬、事態が理解できず、きょとんと見つめる数馬に、幻十郎は猪口をかたむけながら、ことのいきさつを手短に説明した。話を聞き終えた数馬は、食べかけのそばにはほとんど手をつけぬまま、静かに箸をおいて、

「そうですか。やつらはついにお市の方さまにも手を出しましたか……」

暗澹《あんたん》とつぶやいた。悲痛ともいえる声である。

「数馬どの」

「はい」

「あのふたりには、内藤五万石の行く末がかかっている。おぬしたち『二の丸派』にとっても大事なお人であろう」

「それは、もう……」

「お市の方もおぬしに会いたいといっている。ふたりに会って今後の身の振り方を考えてやってくれぬか」

「………」

数馬の目が泳いだ。その逡巡が何を意味するのか、幻十郎にはわからなかったが、しばらくの沈黙のあと、数馬は顔をあげて決然といった。

「わかりました。お市の方さまと小太郎君は、私がお護りします。おふたりの住まいが見つかるまで、ご面倒でしょうが、もうしばらくのご猶予を……」

「いいだろう。あのふたりに連絡《つなぎ》をとりたいときは、神田佐久間町三丁目の『藤乃屋』という小間物屋をたずねてくれ」

「藤乃屋？」

「志乃という女がやっている店だ。ふたりはそこにいる」

「では、後刻改めて……」

「たのむ」

猪口の酒を飲みほして、立ち上がろうとすると、

「幻十郎どの」

数馬が呼びとめた。見返す幻十郎に申しわけなさそうな顔で、

「貴殿にはひとかたならぬお世話になりました。これ以上、貴殿にご迷惑をおかけするわけにはまいりません。どうかこの一件からは手をお引き下さい」

といい、これは当藩の内部の問題ですからと付け加えた。

「つまり、よそ者は介入するな、ということか」

「事態をこじらせたくないのです。それにいずれ貴殿の身にも禍いがおよぶやも……」

「おれのことなら心配にはおよばんが……、たしかにこれ以上事態をこじらせるのは得策ではあるまい。お家を案じるおぬしの気持ちはよくわかる。今日かぎり、おれはこの一件から手を引こう」

「お心づかいかたじけのうございます。家中の騒動が落着し、国家老・松倉さまの逼《ひっ》塞《そく》が解けたあかつきには、あらためて御礼に参上したいと存じます。よろしければ、せめて本名だけでも」

「おれに本名はない」

そっけなくいって、卓の上に代金を置くと、幻十郎は振り向きもせずそば屋を出ていった。


月が変わって、弥生三月。

春たけなわのある日、松平楽翁の築地の隠居屋敷『浴恩園』に、久しぶりに嫡男の越中守定永が訪ねてきた。定永は伊勢桑名十一万石の国主である。父親に似ず、長身巨躯《きょく》の威風堂々たる青年大名である。

「よう来てくれたのう」

めったに笑顔を見せぬ楽翁も、このときばかりは好々爺《こうこうや》のように老顔をほころばせ、

「茶を点じよう」

と定永を自慢の茶亭に案内し、手ずから茶を点じて差し出した。

「いつもながら結構なお点前で」

茶を喫して、定永が一礼すると、楽翁はつと膝をすすめて、探るような目で訊いた。

「近頃の柳営内の様子はどうじゃ？」

「困ったことに……」

定永が嘆息まじりに応える。

「出羽守どのの専権は、ますます度を深めるばかりです」

出羽守とは、老中首座・水野出羽守のことである。十一代将軍・家斉の寵任を受けて、権勢をほしいままにする出羽守は、賄賂政治の権化といわれた故・田沼意次の四男・田沼意正を腹心にすえ、田沼時代をしのぐほどの利権政治を展開させていた。

水野出て　もとの田沼になりにけり

これは水野出羽守の台頭で、田沼時代の賄賂政治が復活した状況を詠んだ句である。

いつの世も庶民の目はするどい。

「幕政は腐り切っております」

定永の政権批判はとどまるところを知らない。やや甲高い声や激しい口調は、父親ゆずりである。

「上から下まで奢侈淫逸《しゃしいんいつ》に流れ、士道は紊乱《びんらん》し、政事は倦《う》んでおります」

「やれやれ、嘆かわしいことじゃ」

楽翁の顔からは笑みが消え、いつもの気むずかしい老人の顔になっている。二服目の茶を点じながらいった。

「またぞろ猟官運動が活発になったと聞いたが……」

「おおせの通りにございます」

かつて楽翁が老中首座として幕閣に君臨していたころは、老中・若年寄と大名・旗本との面会を制限し、賄賂・汚職を防止する策をとっていたのだが、出羽守の政権下では逆に面会の機会をふやし、役職や官位を利権の具として猟官運動をあおっていた。ために出羽守の屋敷は、門前市をなすほどの活況を呈しているという。

「わけても出羽守どのの同門、水野忠邦《ただくに》どのの猟官運動は目に余るものがございます」

「ほう、あの水野どのが……」

茶筅《ちゃせん》を持つ手をとめて、楽翁が顔をあげた。その目の奥にきらりと剣呑《けんのん》な光がよぎった。

「大坂城代という重職にもあきたらず、まだ上をねらっているのと申すのか」

水野忠邦は、肥前唐津《ひぜんからつ》六万石の城主・水野忠光《ただみつ》の次男として、寛政六年（一七九四）江戸藩邸で生まれた。

水野家は、徳川家康の生母・お大《だい》の実家で、徳川家とは縁戚《えんせき》関係にある。

幼少のころから聡慧《そうけい》をうたわれた忠邦は、文化九年（一八一二）、父・忠光の跡をついで唐津六万石の藩主となったが、すでにそのころから将来は幕閣に参与して、天下の政治を動かしたいという夢を抱いていた。

三年後の文化十二年（一八一五）、老中への登竜門といわれる奏者番《そうじゃばん》に任ぜられたとき、忠邦の夢は権力への野望と変わっていった。

――この役職を足がかりに、何としても幕閣への参与を図りたい。

忠邦のみならず、これは名門水野家の興隆を願う宿老たちの悲願でもあったのだが、唐津藩には長崎警護という重要な任務が課せられていたため、藩主は幕政に参与することができなかった。そこで考えた畢生《ひっせい》の策が「ところ替え」（領地の転換）、いわゆる転封《てんぽう》である。

忠邦が転封先として目をつけたのは、遠州浜松六万石であった。浜松は、徳川家康ゆかりの地であり、歴代藩主は幕府の要職に登用されることが多く、「出世城」ともいわれていた。

唐津と浜松は、ともに表高は六万石だが、唐津には陶器産業などがあって、実収二十万石ともいわれる富裕な藩だった。一方の浜松はその半分にも充たず、転封になれば藩の財政が逼迫《ひっぱく》するのは火を見るより明らかであった。にもかかわらず、忠邦はおのれの出世栄達のために我意を押しとおし、ときの権力者・水野出羽守や大奥へ莫大な金品を贈って、浜松への転封を図ったのである。

そのかいあって、文化十四年（一八一七）、忠邦は浜松六万石の藩主の座につき、文政八年（一八二五）には大坂城代、従四位下に叙せられたが、それでも忠邦の野望はとどまることを知らなかった。さらなる出世を図って、いまなお水野出羽守に賄賂攻勢をかけているという。

「水野どのも欲の深いご仁よのう」

楽翁がなかば呆《あき》れ顔でつぶやいた。

その水野忠邦が、後年（天保十二年〈一八四一〉）、悲願の老中首座にのぼりつめ、楽翁の「寛政の改革」を手本にして、世に名高い「天保の改革」を断行するのである。

まさに歴史の皮肉としかいいようがない。

2

その日の夕刻。

番町の岩津藩上屋敷に、どこぞの家中の重臣とおぼしき恰幅《かっぷく》のよい少壮の武士が、供も連れずにひっそりと来駕《らいが》した。

玄関で慇懃《いんぎん》に出迎えたのは、横目頭の比留間伝八郎である。

比留間の案内で、その武士は邸内の家老屋敷の表書院に通された。そこで待ち受けていたのは、江戸家老・戸田主膳だった。

「物部《もののべ》さまには一方《ひとかた》ならぬお力添えを賜りまして、御礼の言葉もございませぬ」

主膳が低頭すると、物部と呼ばれたその武士は、

「いやいや」

と鷹揚《おうよう》にかぶりを振って、

「主君の栄達を図るは臣下のつとめでござる。手前も同じ苦労を味おうた身ゆえ、主膳どののご心底、重々お察し申しあげる」

言葉とは裏腹に、顔にはまったく表情がなく、冷徹狷介《けんかい》な感じの男である。

物部勘解由《かげゆ》——遠州浜松六万石の江戸留守居役。御君水野忠邦の猟官運動に主導的

な役割を果たしてきた腹心である。

「で、御用のおもむきと申されるのは？」

主膳が訊いた。

「先夜、鎧《よろい》の渡し場のちかくで、当方の手の者が四人、何者かに殺され申した」

「まことでございますか！」

「これで二度目でござる」

「二度！……と申されると？」

「十日前には、竹内数馬の探索に動いていた者三名、やはり何者かの手にかかって落命いたした」

「まさか！」

といったまま、主膳は絶句した。

岩津藩国家老・松倉善太夫がひそかに放った密使たちを、ことごとく闇に葬った黒覆面の武士たちは、物部勘解由の配下だったのである。岩津藩とは縁もゆかりもない浜松藩の江戸留守居役が、なぜ松倉の密使暗殺に手を貸したのか、その理由はつまびらかではないが、ふたりのやりとりから察して、両者の間で密契がむすばれていたことは想像にかたくない。

「しかし、いったい何者が？」

「下手人の正体・人数はいまもって不明だが、かなり腕の立つ者の仕業であることは間違いござらぬ。いずれにせよ」

と、物部は苦々しく口をゆがめ、これ以上の犠牲を出せば、家中から非難の声があがるのは必至、しばらくは事態を静観したいといった。つまりは、この仕事から手を引きたいといっているのである。

「さようなこととは存ぜず、物部さまには多大なご迷惑をおかけして申しわけもございませぬ」

主膳は沈痛な顔で叩頭《こうとう》し、かたわらの手文庫から切り餅《もち》を取り出すと、

「些少ではございますが、ほんの御礼のしるし。ご笑納下さいませ」

うやうやしく差し出した。物部は当然のごとくそれをわしづかみにしてふところに納め、

「『二の丸派』も死に物狂いで巻き返しを図ってくるに相違ござらぬ。くれぐれも油断めされるな」

いいおいて、そそくさと出ていった。廊下に遠ざかるその足音に耳をかたむけながら、

「比留間」

主膳が低く声をかけた。隣室の襖《ふすま》が音もなく開き、比留間伝八郎が敷居ぎわに膝を

ついた。

「聞いたか」

「はっ」

「三味線堀の下屋敷から、お市の方と小太郎君を連れ出したのも、そやつの仕業に相違あるまい」

「御意に存じます」

「物部どのが手を引かれたいま、お市の方と小太郎君の探索は我らの手でやらねばならぬ。そのことしかと肝に銘じておくがよい」

「ご心配にはおよびませぬ。すでに手は打ってございます」

比留間がそげた頰《ほお》に酷薄な笑みをきざんで応えた。


お市の方と小太郎が『藤乃屋』に身を寄せてから、五日目の夜を迎えようとしていた。その五日間、ふたりは一歩も外に出ず、二階の六畳の部屋に閉じこもったまま、息をひそめるようにひっそりと時を過ごしていた。

「お市の方さま」

階下で志乃の声がした。

「夕餉《ゆうげ》の支度がととのいましたので、どうぞ」

「はい」

と応え、小太郎をうながして階下に行くと、一階の六畳の部屋に夕餉の箱膳がしつらえてあった。膳の上に志乃の心づくしの手料理が並んでいる。

「ご厄介をおかけして申しわけございません」

「お気になさらずに、さ、どうぞ」

「では、遠慮なく」

「いただきます」

小太郎が折り目正しく礼をいって箸をとった。すでに元服は終えているが、まだ幼さを残した童顔である。黙々と箸を運ぶふたりを、微笑を泛かべて見やりながら、志乃が訊いた。

「お市の方さまは備中《びっちゅう》のお生まれですか？」

「はい。岩津藩納戸役・高山伊左衛門のひとり娘として、備中で生まれ育ちました」

十九のときにお城の奥向きに召し出され、藩主・内藤但馬守の目にとまって御中﨟《おちゅうろう》となり、六年前に小太郎ともども但馬守の参勤交代に随行して江戸に出てきたという。

「お国が恋しいでしょう？」

「ええ、こんな騒ぎに巻き込まれなければ……」

箸を持つ手をふと止めて、お市の方は悲しげに目を伏せた。

「いつか国元に帰って、小太郎とふたりでひっそりと暮らしたいと思っておりました。それがささやかな私の夢だったのです。いまでもその夢は捨てておりません」

「お家の騒ぎがおさまれば、きっとその夢も叶《かな》いますよ」

志乃が慰撫《いぶ》するようにいう。と、そのとき、表戸をかすかに叩く音がした。お市の方と小太郎がはっと手を止めて、怯《おび》えるように振り向いた。

「誰かしら？」

志乃が不審げに立ち上がり、部屋を出て店の戸障子の前で、

「どちら様でしょうか」

用心深く訊《たず》ねると、

「竹内数馬と申す」

戸障子越しに低い声が返ってきた。すかさず心張棒をはずして戸を引き開けると、深編笠をまぶかにかぶった数馬が、ぬっと入ってきて、

「こちらにお市の方さまと小太郎君が身を寄せられていると聞いたが……」

「はい」

数馬がここへくることは、幻十郎から聞いて知っていた。

「どうぞ、お上がり下さい」

すばやく戸障子を閉めて、数馬を奥の六畳の部屋に招じ入れた。部屋の前で数馬はおもむろに深編笠をはずし、それからゆっくり足を踏み入れてお市の方と小太郎の前に端座して、うやうやしく低頭した。

「お久しゅうございます」

「数馬どの」

「遅くなりまして、まことに申しわけございません」

「そなたも無事で何よりでした」

「ようやく、おふた方の住まいが見つかりましたので、参上つかまつりました」

「住まい？」

「国元から迎えがくるまでの、仮住まいです」

「場所はどこですか」

「本郷菊坂の貸家です。私がご案内申し上げます」

「そうですか」

お市の方は、ほっと安堵の笑みを泛かべて志乃に向き直り、丁重に頭を下げた。

「志乃さまには本当にお世話になりました。このご恩は一生忘れませぬ。小太郎、そなたからもお礼を申し上げなさい」

「はい」

と居住まいを正して、小太郎は、

「ありがとうございました」

低頭した。いじらしいほど凛《りん》とした態度である。思わず志乃は目をうるませた。

「何のおもてなしもできませんでしたが、くれぐれもお気をつけて」

「志乃さまもお元気で」

別れを惜しむ間もなく、ふたりは手早く身支度をととのえ、鳥が飛び立つようにあわただしく『藤乃屋』をあとにした。戸口で三人を見送り、店の戸障子を閉めて部屋にもどると、志乃はまだ食べ終えていない膳の料理を、黙々と片付けはじめた。

じりっ、と行燈の明かりがゆれた。

燈油が切れかかっている。台所から油差しを持ってきて燈油皿にそそぎながら、志乃はあの母子と暮らした五日間の日々を振り返っていた。初めは固く心を閉ざしていたお市の方ともすっかり打ち解け合い、小太郎も「志乃さま、志乃さま」と実の弟のようになついてくれた。身寄りのいない志乃にとって、その五日間は夢のように楽しく、充実した日々だった。

三人で茶菓を喫し、他愛のないよもやま話に花を咲かせ、寝食をともにした五日間が、走馬灯のように脳裏を駆けめぐり、そして陽炎《かげろう》のように消えてゆく。おそらく、もう二度とあのふたりに会うことはないだろう。そう思うと心にぽっかり穴の開いたような虚脱感と寂寥感《せきりょうかん》がこみ上げてきた。

（忘れよう）

気を取り直して二階に上がり、夜具をしきのべようとしたとき、鏡台に置き忘れられたお市の方のかんざしが目に止まった。翡翠《ひすい》の飾りの付いた高価なかんざしである。

「こんな大事な物を……」

3

翌朝、四ツ（午前十時）ごろ、志乃は『風月庵』を訪ね、お市の方と小太郎が別の住まいに移ったことを幻十郎に報告した。

「数馬が迎えにきたのか」

「ええ、本郷菊坂に貸家を見つけたそうです」

「そうか。お前には厄介をかけさせてしまったが、これでもう安心だ。肩の荷が下りただろう」

「でも、ちょっと寂しい気もします」

「すぐに忘れるさ」

「これからどうするつもりかしら？　あのふたり」

「お前が心配することはない。あとのことは竹内数馬に任せておけばいい」

「べつにお節介を焼くつもりはありませんけど、忘れ物を届けがてら様子を見に行って来ようかと」

「忘れ物？」

「これです」

ふところから例の翡翠のかんざしを取り出して、幻十郎に見せたところ、

「翡翠のかんざしか……。礼のつもりで置いていったんじゃないのか」

「だったら、一言そういって行くでしょう」

「それもそうだな」

「とにかく、私、行ってきます」

「よし、おれも行こう」

と刀を取って立ち上がった。口には出さなかったが、やはりあの母子のことが気になる。新しい住まいだけでも見ておこうと思った。

稲荷堀の堀端の桜が早くも散りはじめていた。

人目を避けるために、幻十郎は黒の塗り笠をかぶり、志乃は手拭《てぬぐ》いを姐《あね》さんかぶりにしている。これで三味線でも持ったら、新内流しの夫婦に見えるだろう。

牡蠣殻町から大伝馬町をぬけて、神田川南岸の柳原の土手に出た。

柳並木がつづくこの土手道には、古道具屋や古着屋、雑貨などを商う露天商がずらりと床店《とこみせ》を張り出していて、縁日のような賑《にぎ》わいをみせている。人混みを縫うようにして、幻十郎と志乃は川上に向かって歩いてゆく。やがて前方に筋違御門《すじかいごもん》橋が見えた。その橋を渡って左に折れ、湯島聖堂の裏の道を北に向かってしばらく行くと喜福寺《きふくじ》の門前に出る。

喜福寺の尻　菊坂がしめくくり

と古川柳にあるように、この寺の真うしろに「菊坂」とよばれる坂があった。長さ二十間（約三十六メートル）、幅二間（約三・六メートル）の勾配《こうばい》の急なこの坂道を下ったところが本郷菊坂町である。昔、このあたりは菊を作る畑地だったので、この地名がついたという。

坂の中腹にさしかかったところで、

「旦那《だんな》……」

志乃がふいに足を止めて、坂下の家並みに不審な目をやった。町の一角に人だかりがしている。幻十郎も異変に気づいていた。志乃をうながして小走りに坂を駆け降りた。

坂を下って半丁ほど行ったところの路地角に、近隣の住人たちが集まって何やらひそひそと話し合っている。幻十郎がそのひとりに声をかけた。

「何かあったのか？」

「人殺しでさ」

応えたのは、職人ふうの中年男だった。思わず顔を見交わす幻十郎と志乃に、横合いから商家の隠居らしき老人が割って入って、

「ゆうべ越してきたばかりのお武家の女と子供が殺されたそうで」

「まさか……」

志乃の顔が凍りついた。幻十郎も絶句して立ちすくんだ。最悪の事態が脳裏をよぎる。殺された武家の女と子供は、昨夜越してきたばかりだという。まさかとは思いつつも、お市の方と小太郎を想わずにはいられなかった。

「どけ、どけ」

突然、怒声がひびき、町方同心が荒々しく人垣をかきわけて、二枚の戸板を担いだ小者たちを誘導しはじめた。戸板には荒筵《あらむしろ》がかぶせられている。一行が幻十郎と志乃の前を通りすぎようとしたとき、戸板にかぶせられていた筵がわずかにめくれて、お市の方の無残な死に顔がちらりと見えた。

「お市の方さま！」

小さく叫んで駆け寄ろうとする志乃を、

「落ちつけ。志乃」

幻十郎が小声で制して引き戻した。つかんだ志乃の手が小きざみに震えている。顔から血の気がうせ、いまにも崩れ落ちんばかりの志乃の体を支えながら、幻十郎は沈痛な表情で一行を見送った。

二枚の戸板を担いだ小者たちが、町方同心に先導されてゆっくり菊板を登ってゆく。見送る志乃の目からとめどなく涙がこぼれ落ちた。その肩にそっと手をかけて、

「行こう」

と、うながしたとき、塗り笠の下の幻十郎の目が、三々五々散ってゆく野次馬のひとりにするどく向けられた。身丈が異常に低く、そのわりに肩幅ががっしりした〝蟹《かに》〟のような体つきの男——お栄夫婦殺しの現場ちかくで見かけた仙次である。

「どうかしたんですか?」

志乃がけげんそうに訊いた。

「あの男を尾《つ》ける」

「え」

「気づかれるとまずい。おれのそばに寄っててくれ」

志乃の体を引き寄せ、肩を抱くようにして歩き出した。

「あの男が何か？」

「わけはあとで話す」

幻十郎の厳しい表情を見て、志乃はぷつりと口を閉ざした。仙次はふたりの尾行にまったく気づいていない。片手をふところに突っ込み、躍るような足取りで歩いてゆく。菊坂町の南はずれの辻を左に折れた。その先には長泉寺という寺がある。

辻を左に折れて半丁も歩かぬうちに、あたりの景色は一変した。左は鬱蒼《うっそう》とした雑木林、右手には畑や草地がひろがり、藁葺《わらぶ》きの屋根の農家が点在している。江戸府内とは思えぬのどかな田園風景だ。行き交う人影もない。

幻十郎の足が速まった。仙次との距離がまたたく間に縮まる。三十間（約五十四メートル）ほどに迫ったとき、幻十郎はふいに志乃の手を離して走り出した。

足音に気づいて仙次が振り向いたときには、幻十郎の姿はもう眼前に迫っていた。あわてて逃げ出そうとする仙次の背中に躍りかかり、襟首をむんずとつかんで引き戻した。

「な、何をしやがる！」

わめきながら、とっさに引き抜いた匕首《あいくち》を手刀で叩き落とし、

「貴様に訊きてえことがある。来い！」

襟首をつかまえたまま、引きずるように左手の雑木林の中に連れ込んだ。志乃が裾《すそ》

をひるがえして駆けつけてくる。手足をばたつかせて抵抗する仙次をずるずると林の奥に引きずり込み、

「じたばたするんじゃねえ」

腰の大刀を鞘ごと抜いて、いきなり仙次の脛《すね》をしたたかに打ちすえた。

「ぎゃっ」

と悲鳴をあげて仙次は草むらに転がった。右足の脛がざっくりと割れて白い骨がのぞいている。逃走を防ぐために脛を打ち砕いたのである。うめき声をあげて草むらを転げ回る仙次を冷やかに見下ろしながら、幻十郎は刀の鞘をはらって仙次の首すじにぴたりと白刃を突きつけた。

「おれの問いに素直に答えてもらおう」

「て、てめえは……？」

苦痛に顔をゆがめながら見上げた。幻十郎がおもむろに塗り笠をはずすと、

「あっ」

と息を呑んで仙次は絶句した。

「この顔を見忘れたわけじゃねえだろうな」

「――な、何が訊きてえんだ？」

「お市の方と小太郎を手にかけたのは、誰なんだ？」

「し、知らねえ」

「とぼけるな」

一喝するなり、刀の峰で傷ついた仙次の右足を思い切り打ちすえた。わっ、と悲鳴をあげて片足を抱え込み、いも虫のように転げ回る仙次を、幻十郎は容赦なく打ちのめした。衣服が裂け、血しぶきが飛び散り、血だるまになってのたうち回る。さすがに音をあげた。

「わ、分かった。しゃべる。しゃべるから勘弁してくれ！」

ほとんど泣き出しそうな声である。「よし」とうなずいて、幻十郎がもう一度訊く。

「あのふたりを殺ったのは誰なんだ？」

「い、岩津藩の横目頭……、比留間伝八郎さまだ」

聞くまでもなく見当はついていたが、比留間がお市の方と小太郎の居場所をどうやって知ったのか、それが謎だった。志乃も同じ疑問を抱いたらしく、幻十郎のかたわらに歩み寄って、菊坂の貸家は竹内数馬さんしか知らないはずです、と小声でいった。

それを受けて幻十郎がさらに仙次を問い詰める。

「ふたりの居所を探し当てたのは、貴様か？」

「お、おれは何も知らねえ。町方の動きを見て来いといわれただけだ」

「貴様の役割はそれだけじゃねえだろう。元『備中屋』の手代・長次の行方を探っていたことも分かってるんだぜ」

「………」

「素直に吐かねえと……」

いいながら、首すじに押し当てた刃を引いた。わずかに皮膚が裂けて血がしたたり落ちた。

「や、やめてくれ！　命だけは助けてくれ！」

必死に叫びながら、

「おれは本当に何も知らねえんだ。たしかに女中頭のお栄や大番頭の治兵衛、それに二番番頭の弥平の居所を探し出したのは、このおれだ。けど、長次の行方だけはどうしてもつかめなかった。やつが殺されたこともあとで知った、信じてくれ！」

「貴様のほかに長次の行方を探していた者はいねえのか」

「いたかも知れねえが、おれは知らねえ」

「貴様は誰の命令で動いていた？」

「それは……」

と、いいかけたとき、

「旦那」

ふいに志乃が声をかけ、険しい目で雑木林の奥をしめした。振り向いて見ると、長泉寺の山門につづく石段をゆっくり降りてくる、寺男らしき初老の男の姿が目に入った。幻十郎と志乃がその男に気を取られている一瞬の隙《すき》に、

「た、助けてくれ！　人殺しだッ！」

仙次が大声を張りあげて立ち上がった。

間髪を容れず、幻十郎の刀が仙次の背中をつらぬいた。貫通した胸元から音を立てて血が噴き出す。よろよろと数歩よろめき、前のめりにどさっと草むらに倒れ伏したときには、もう幻十郎と志乃の姿は木立の彼方にかき消えていた。

4

それから半刻（一時間）後。

浜町河岸の小料理屋『千鳥』の小座敷に、沈痛な面持ちで盃をかたむける幻十郎と志乃の姿があった。ふたりともまったくの無言。かわす言葉もなく、ただ黙々と盃を重ねている。ふたりの胸中には、やり場のない怒りと悲しみがふつふつとたぎり立っている。それを抑えようとして酒を飲みにきたのだが、そう簡単におさまるものでもなかった。しばらく重苦しい沈黙がつづいたあと、幻十郎が苦々しく猪口の酒を飲み下して、

ぽつりといった。

「忘れるんだ」

「………」

志乃は切なげに首を振った。忘れたくても、忘れられるわけがない。つい昨夜まで寝起きをともにしていた母子《おやこ》である。お市の方のたおやかな笑顔や、双六《すごろく》に興じる小太郎の無邪気な姿がまぶたの裏に焼きついている。

「あんなことになるなら……」

ややあって、志乃がようやく重い口を開いた。

「あのまま私の家に置いとけばよかったんですよ」

恨みがましい口調である。だが、その恨みを誰にぶつけていいのか、志乃にも分からない。

無言でうなずきつつ、幻十郎は別のことを考えていた。比留間伝八郎はお市の方と小太郎の家移り先をいつ、どこで知ったのか。先刻からそのことが気になっていたのである。仙次は何も知らないといったが、その言葉を信じるなら、菊坂の貸家を探り当てた第三の人物がいるはずである。比留間はその人物から情報を得て、お市の方と小太郎を殺害したに違いない。

「ひょっとしたら」

違いない。

幻十郎は言下に否定した。もし尾行者がいたとしたら、竹内数馬も殺されていたに

「それはねえだろう」

「数馬さんがふたりを迎えに来たとき、誰かに尾けられていたんじゃないかしら？」

志乃がふと顔を上げて、

「じゃ、菊坂に移ったあとで……？」

「誰かがその家を突きとめて、比留間に知らせたのかもしれねえ」

お市の方と小太郎が『藤乃屋』を出ていったのは、昨夜の六ツ半（午後七時）ごろだと志乃はいった。ふたりが殺されたのが、昨夜か今朝方未明だとすれば、比留間に情報をもたらした人物は、わずか数刻の間に本郷菊坂の貸家を探し当てたことになる。

そう考えたとき、幻十郎の脳裏に別の不安がよぎった。それほどの情報収集能力を持った人物ならば、竹内数馬の居所を探し出すのは造作もないことだろう。比留間の手が数馬の身辺におよぶのは時間の問題である。

「お前も気をつけたほうがいいぜ」

「え？」

「やつらは恐ろしく鼻の利く犬を飼ってる。お市の方と小太郎を匿っていたことが知れたらただじゃすまねえだろう。万一のために、しばらく『風月庵』に身を隠したら

どうだ？」

「私のことより、数馬さんのことが……」

「それはおれがやる」

　と刀を取って立ち上がった。

「私も行きましょうか」

「いや、お前は先に『風月庵』に帰っててくれ」

　卓の上に酒代を置いて、幻十郎は足早に出ていった。

『千鳥』を出て浜町堀にそって北に向かった。千鳥橋、汐見橋、緑橋を経由すると広い通りに出る。この通りを右に折れると、すぐ馬喰町である。『甚兵衛店』は表通りを左に入った二本目の路地にある。幻十郎は長屋の木戸口で足を止めて、油断なくあたりの気配をうかがい、大股《おおまた》に奥へ歩をすすめた。長屋路地の突き当たりがお涼の家である。

「ごめん」

　戸口で声をかけたが、応答がなかった。腰高障子に手をかけて、そっと中をのぞき込む。数馬の姿はなかった。履物もない。どこへ行ったのだろうと不審に思いながら、踵《きびす》を返して表通りに出た。

（さて）

歩きながら、幻十郎は思案した。お市の方と小太郎が殺されたことを、一刻もはやく数馬に知らせなければならない。日をあらためて出直してきたのでは遅すぎる。鬼八の『四つ目屋』に寄ってしばらく時をつぶし、もう一度『甚兵衛店』を訪ねてみようと思った。

初音の馬場にさしかかったところで、背後に尾行の気配を感じて歩度をゆるめた。どうやら長屋を出たときから尾けられていたらしい。気づかぬふりをして、ふらりと初音の馬場に足を踏み入れた。馬場の周囲は新緑に彩られた雑木林である。繁茂した樹葉が陽差しを閉ざして、林の中の小径は昼なお薄暗い。

幻十郎がふいに足を止めて、背を向けたまま、

「おれに何か用か？」

尾行者に声をかけた。応えはなく、ざざっと背後の茂みが揺れた。幻十郎は刀の柄に右手をかけてゆっくり振り返った。

樹間に人影がよぎった。ひとりやふたりではない。五人はいる。木漏れ陽の中に、その五人が姿を現した。いずれも凶悍《きょうかん》な面がまえの浪人者である。ひとりが刀の柄に手をかけて、じりじりと接近してきた。身の丈六尺あまり、肩の肉の厚い巨漢である。

「貴様が死神か」

「なぜ、おれの名を……？」

「ある御仁から聞いた。死んでもらおう」

　いい終わらぬうちに、五人がいっせいに抜刀して斬りかかってきた。と同時に、幻十郎は一歩踏み込んで、左方から斬り込んできた浪人の腕を抜きざまに斬り落とすや、すぐさま片膝をついて身を沈め、左下から斜め上に刀を薙《な》ぎあげた。右から斬りかかってきた浪人の頸《くび》に刀刃が食い込んだ。柄をにぎった手にがつんと衝撃が走る。浪人は頸骨を断ち切られ、首を直角に折って前のめりに倒れ伏した。その凄《すさ》まじい剣気に肝を飛ばしたか、残る三人が反射的に跳び下がり、間合いを取って攻撃の陣形を組み直した。

　巨軀の浪人が幻十郎の正面に立ち、ふたりが左右に立って剣尖を正眼につけた。幻十郎は楓《かえで》の巨木を背にして右半身に構え、刀をだらりと下げて敵の斬撃を待った。この場合、先に仕掛けるのは得策ではない。おそらく左右のいずれかが「見せ太刀」をくり出し、その隙に乗じて正面の浪人が斬り込んでくるのであろう。塗り笠の下の幻十郎の目が、油断なく左右の浪人の足元にすえられていた。

　いくばくかのうち、右方の浪人の爪先がわずかに動いた。と見た瞬間、幻十郎はためらいもなく間境を越えて、正面の浪人に向かって紫電の一刀を放った。切っ先が顎《あご》から鼻、鼻から額へと一直線に奔り、浪人の顔面が真っ二つに割れた。おびただしい血とともに肉片が飛び散る。そのまま動きを止めずに体を反転させ、左方の浪人を拝み打ちに、肩の付け根から腕を切り落とすと、くるっと背を返して右の浪人の刀をはじき飛ばし、返す刀で脾腹《ひばら》を突き刺した。その浪人が倒れ伏すのを待たずに、幻十郎は刀の血ぶりをして鞘におさめた。

地に伏した五人はほとんど虫の息だったが、ひとりだけ息のある者がいた。最初に腕を斬り落とされた浪人である。身をよじって苦悶《くもん》するその浪人を冷然と見下ろして、

「死に切れんか」

「た、頼む。介錯してくれ」

「その前に聞いておきたいことがある」

「何だ？」

「誰に頼まれておれの命をねらった？」

「い、岩津藩、横目頭の……、比留間どのだ……」

「おれがあの長屋に行くことを、比留間はなぜ知っていたんだ？」

「わ、わからん……。ただ、額に刀傷のある浪人者が現れたら斬れ、と……」

「比留間がそういったのか」

「そうだ……。は、速く介錯をしてくれ。この痛みには耐えられん」

切断された腕から滝のように血が流れ出している。このまま放っておいても、どう

せ長い命ではあるまい。

「ゆっくり死ぬがいい」

いい捨てて、幻十郎は足早にその場を立ち去った。背後で浪人が何かわめいたような気がしたが、すぐにその声は途絶えた。

初音の馬場の雑木林をぬけて、馬喰町三丁目の通りに出たとき、

（そうか）

幻十郎の脳裏に卒然とひらめくものがあった。霧がかかったように頭の中にもやもやと立ち込めていた謎が、その瞬間に豁然《かつぜん》と解けたのである。お市の方と小太郎が殺される前に、なぜそのことに気づかなかったのかと、おのれの迂闊《うかつ》さを責めながら、幻十郎は両国広小路に足を向けていた。

第六章　裏切り

1

鬼八の『四つ目屋』には立ち寄らず、両国広小路の居酒屋に足を踏み入れた。人を斬《き》ったあとは、なぜか酒が飲みたくなる。いつのころからか、そんな癖が身にしみついてしまった。酒で罪障を洗い流すつもりなのか。自分でもよくわからない。

三坪ほどの狭い店である。時間が早いせいか、客はいなかった。片隅の席に腰を下ろして冷や酒を二本注文する。亭主がすぐに運んできた。猪口《ちょこ》についで飲む。水で割った薄い酒だが心なしか苦く感じる。ゆっくり時間をかけて銚子《ちょうし》二本を空け、ふらりと居酒屋を出た。ほとんど酔っていない。逆に意識がさえざえとしている。

先刻よりいくぶん陽差しがかたむいている。八ツ半（午後三時）を少し回ったころである。広小路の人出もさっきより増えていた。この時刻になると、早仕舞いの職人や仕事にあぶれた人足、薄汚れた浪人者などが安酒を求めて、どこからともなくこの界隈《かいわい》に集まってくる。

幻十郎は広小路の人混みを縫うようにして、来たときとは別の道をひろいながら、馬喰町に向かっていた。いまごろ初音の馬場付近では、誰かが五人の浪人の斬殺《ざんさつ》死体を見つけて大騒ぎになっているだろう。その騒ぎを避けるために別の道を選んだのだ。

馬喰町三丁目の表通りに出たところで、幻十郎の足がふと止まり、塗り笠の下の目が一点に吸いついた。雑踏の中に竹内数馬の姿があった。かなりの早足でこっちに向かって歩いてくる。幻十郎の姿には気づいていないようだ。すれ違いざまに声をかけると、不意を突かれて数馬はぎくりと足を止め、警戒するような目で笠の下の幻十郎の顔を見た。

「貴殿は……！」

「いいところで会った。ぜひおぬしの耳に入れておきたいことがある。歩きながら話そう」

顎《あご》をしゃくってうながすと、数馬はやや憮然《ぶぜん》とした面持ちで、

「先日申し上げた通り、私たちのことにはもう干渉しないで……」

「干渉ではない。おぬしに知らせたいことがある。悪い知らせだ」

「悪い知らせ？」

「お市の方と小太郎が殺されたぜ」

「何ですって！」

数馬が瞠目《どうもく》した。

「そ、それはまことですか！」

「今朝方、本郷菊坂の貸家でな」

いいながら、幻十郎は歩き出した。それを追って数馬が、

「し、しかし、いったい誰が」

「下手人は比留間伝八郎だ」

「！」

激しい衝撃を受けて、数馬は言葉を失った。幻十郎も沈黙したまま歩く。しばらく無言の行歩《ぎょうぶ》がつづいた。馬喰町一丁目と小伝馬町三丁目の四辻《よつつじ》を右に曲がり、掘割沿いの細い道をゆく。この掘割は亀井町で直角に西に折れていて、その先は江戸城の外濠《そとぼり》につながっている。

掘割が直角に曲がるあたりに、こんもりと繁る木立が見えた。その木立の奥に竹森稲荷の社がある。鳥居をくぐって参道の石畳に足を踏み入れると、無言でついてきた数馬が小走りに幻十郎の前に回りこみ、苛立《いらだ》つように訊《き》いた。

「話というのは、それだけですか？」

「おぬしに訊きたいことがある。人目につくとまずい。社《やしろ》の裏に行こう」

「貴殿に話すことは何もありません。所用があるので、ここで失礼します」

と背を返した瞬間、

「待て」

幻十郎のするどい声が飛んだ。

その声に引き戻されるように、数馬がゆっくり振り向いた。

「お市の方と小太郎を『三の丸派』に売ったのは、おぬしだな？」

「な、何をいい出すんですか！」

数馬の顔に動揺が走った。幻十郎が畳みこむように語をつぐ。

「国家老・松倉善太夫が差し向けた密使・井坂と山村を売ったのも、おぬしだ」

「妙ないいがかりはやめて下さい！」

ほとんど悲鳴に近い声だった。かまわず幻十郎がつづける。

「長次が『わざくれ橋』でふたりの密使と落ち合うことを知っていたのも、おぬししかいない。それにお市の方と小太郎が本郷菊坂の貸家に身を隠したことを知っているのも、おぬしだけだ」

「…………」

数馬は反論しなかった。いや出来なかった。こわばった顔から血の気が引き、にぎった拳がぶるぶると震えている。

「つい一刻前、おれを襲った浪人が『死神』の名を口にした。それですべての謎が解けたのだ。おれの名を知っているのは、おぬししかいないからな」

「幻十郎どの」

数馬が開き直ったような目で、幻十郎を射すくめた。

「貴殿は女に惚《ほ》れたことがありますか」

「お涼のことか」

「私は惚れた。命がけでお涼に惚れたんです」

何をいおうとしているのか、幻十郎にはおよその察しがついていた。だが、黙って次の言葉を待った。数馬は感情の昂《たかぶ》りをおさえるように肩で大きく息をつきながら、とぎれとぎれに語りはじめた。

「あれは十日ほど前だった。……お涼が勤めに出たあと、私は国元の同志に手紙をしたためようと筆をとった……」

思わぬ来訪者があったのは、そのときだった。「ごめん」という声とともに戸障子に人影が差したのを見て、不審に思いながら三和土《たたき》に降り、

「どなたでしょうか」

用心深く誰何《すいか》すると、

「飛脚問屋の者で」

と低い声が返ってきた。国元から急な便りでも届いたのかもしれないと思い、疑いもなく心張棒をはずして戸を開けた。そこに立っていたのは、飛脚人足とはおよそ風体の異なる破落戸《ごろつき》ふうの矮軀《わいく》の男だった。その男が「仙次」であることを、もとより数馬は知る由もなかった。次の瞬間、戸障子が荒々しく引き開けられ、三人の侍が乱入してきた。

横目頭の比留間伝八郎と配下の横目たちだった。数馬はとっさに身をひるがえして、部屋の奥の刀をつかみ取ろうとしたが、それより速く、比留間の抜き放った刀がぴたりと数馬の首すじに突きつけられた。

「比留間どの！」

「久しぶりだな、数馬」

「な、なぜ、ここが分かった？」

「あの男が探し出してくれた」

にやりと笑って、三和土に突っ立っている仙次をしめし、

「数馬、おれたちと取り引きをせんか」

「取り引き？」

「おぬしの命は助けてやる。その代わり『二の丸派』の動きを逐一知らせてもらいた

い」

「仲間を裏切れということか」

「ああ、おれたちの『蟄虫《ちつむし》』になれということだ」

蟄虫とは、敵中に身をおいて諜報《ちょうほう》活動をする密偵のことである。現代ふうにいえば二重スパイといったところであろう。

「断る」

数馬はきっぱりと拒絶した。

「仲間を裏切るぐらいなら死んだほうがましだ。命は惜しくない。殺してくれ」

「そうか」

比留間の顔に酷薄な笑みが泛《う》かんだ。

「ならば致し方あるまい。望みどおり殺してやる。お涼という女ともどもにな」

「なにッ」

「その女が『上総屋』という旅籠《はたご》の通い奉公をしていることも、すでに調べがついている」

「ひ、卑劣な！」

「それでも断ると申すのか」

激しい衝撃を受けて、よろよろと畳の上に折り崩れる数馬に、

「どうなんだ？」

比留間が追い打ちをかけるように決断を迫る。数馬の顔が苦渋にゆがんだ。ぱっと両手をつくなり、

「た、頼む！　お涼には手を出さないでくれ！」

しぼり出すような声で哀願した。

2

「で……」

幻十郎がするどく見返す。

「取り引きに応じたというわけか」

「断れば、お涼が殺される。……それだけは何としても避けたかった。惚れた女の命を護るのは、男としての当然の責務だ。門外漢の貴殿にとやかくいわれる筋合いはない」

嚙《か》みつくような口調でいった。

「だが」

と、幻十郎が冷やかに切り返す。

「おぬしの裏切りのために何人の人間が死んだと思う」

「………」

「密使の井坂と山村、連絡役の長次、そしてお市の方と小太郎。……ひとりの女のためにおぬしは五人の命を売った」

「その五人は、私にはもう関わりのない人たちだ」

「つまり、縁を切ったというわけか」

「私は侍を棄てる覚悟を決めた。何もかも棄ててお涼と江戸を出るつもりだ」

「本気でそう思ってるなら、とっくに江戸を出てるはずだぜ」

胸を突き刺すような一言だった。数馬の目が泳いだ。

「おぬしは、お涼という女にかこつけて武士の魂を売った。どういいつくろおうが、その事実は曲げられまい。この先、おぬしは泥にまみれて生きていかねばならぬ。一生、悔いを背負いながらな」

いい棄てて背を返そうとした瞬間、

「素浪人ごときに私の気持ちが分かってたまるか！」

叫ぶなり、数馬が抜刀した。間一髪、幻十郎は横っ跳びにかわし、抜く手もみせず数馬の胴を横一文字に斬り裂いていた。石畳の上に血潮が飛び散り、裂かれた数馬の腹から白いはらわたが飛び出した。そのまま二、三歩よろめき、寸秒静止したかと思うと、次の瞬間、ぐらりと体をゆらめかせて崩れ落ちた。

石畳の上に両膝をつき、くの字に折れた数馬の体がひくひくと痙攣《けいれん》している。まだ息はあった。それを氷のように冷やかな目で見下ろしながら、

「せめて死ぬ前に本当のことをいったらどうなんだ？」

「………」

「お涼の命を救うために比留間の取り引きに応じたというのは、口実にすぎまい」

「………」

「おぬしが本当に手に入れたかったのは『出世』だ」

数馬の背中がひくっと動いた。苦痛に身をよじらせながら、ゆったりと顔を上げ、

「武士に生まれたからには、誰しも勝ち馬に乗って出世栄達を図りたい。そう思うのが人情だ。ましてや私のような微禄《びろく》の武士は……」

ぷつんと言葉がとぎれた。息が荒い。あえぎながらつづける。

「私には、藩政改革などという高邁《こうまい》な志操は……、初めからなかった。『二の丸派』に加わったのはただの成り行きにすぎなかった。それゆえ……私の心の中には、つねに迷いがあった……」

「………」

「比留間から取り引きを持ちかけられたとき、私の心は変わった。いまなら勝ち馬に

乗り替えることができる、と……」

「比留間は何と応えた?」

「『三の丸派』が勝利したあかつきには、御書院番に取り立ててくれると約束してくれた」

息も絶え絶えにそういうと、数馬は怨嗟《えんさ》の目で幻十郎を見上げ、

「出世も夢ではなかったのだ。貴殿が余計な手出しをしなければ……」

「おれに手を引けといったのは、そういうことだったのか」

「もっと早く、比留間に貴殿のことを打ち明けるべきだった」

「なぜ、そうしなかった?」

「貴殿には一度命を助けられている。その恩義を感じていたからだ。だが……、いまとなっては後悔している」

「最後に一つだけ訊く。お涼にいい残すことはないのか?」

「ない……。何もない」

それが最後の言葉だった。一瞬、虚空に目をやり、それからゆっくり前のめりに倒れ伏して、半眼を開いたまま数馬は静かに息を引き取った。

なんともやり切れぬ思いが残った。刀の血ぶりもせずに鞘《さや》におさめると、石畳に映ったおのれの影を踏みしめるようにして、幻十郎は足早に立ち去った。

ようやく陽が西にかたむきはじめていた。

暮れなずむ道を歩きながら、幻十郎は思案していた。竹内数馬の死をお涼に知らせるべきかどうかをである。いつぞや馬喰町の長屋でちらりと顔を合わせたときの、お涼の恥じらうような笑顔が、幻十郎の脳裏に鮮明に焼きついている。その笑顔を見た瞬間、

（数馬に惚れている）

と直感した。惚れているからこそ、数馬を命がけで匿ったのであろう。その数馬が突然、お涼の前から姿を消してしまったらどうなるか。おそらくお涼は『三の丸派』に追われた数馬が、自分を棄てて逃げたと思うに違いない。女にとって、それはもっとも残酷な裏切り行為であり、真実を知らぬまま、お涼がそう曲解したときに受ける心の傷は、一生いやされることはあるまい。

（やはり事実を知らせるべきだ）

お涼の悲しみは、いずれ時が解決してくれるだろう。数馬の不実な心を知らずに、きれいな想い出だけを抱いて生きていったほうが、お涼にとって幸せではなかろうか。

そう思って、幻十郎は馬喰町の旅籠『上総屋』を訪ね、近くの路地にお涼を呼び出した。ちょうど部屋の掃除をしていたらしく、襷《たすき》がけに前掛け姿のお涼が気ぜわしげ

に駆けつけてきた。

「忙しいところ、すまんな」

「御用というのは？」

「竹内数馬どののことで伝えたいことがある」

「数馬さまの身に何かあったのですか？」

お涼が不安げに訊き返した。一瞬、幻十郎はためらったが、意を決するように、

「殺された」

「ええっ！」

お涼は絶句した。

「亀井町の竹森稲荷の境内《けいだい》で何者かに……」

「ま、まさか……！　何かの間違いじゃないんですか！」

「たまたまその場を通りかかって、数馬どのの死体をこの目で確認した。残念だが……、これは事実だ」

「そんな！」

お涼の細い肩が激しく震え、切れ長な目からきらりと涙がこぼれ落ちた。

「以前、数馬どのはこんなことをいっていた。侍を棄ててあんたと江戸を出るつもりだと」

「私と……、江戸を出る？」

「それを果たせずに数馬どのは死んでいった。さぞ心残りだったろうな」

「………」

たまらずお涼は膝をついて泣き崩れた。うなじの後れ毛が哀れをさそう。惚れてはならぬ男に惚れてしまった悲劇、といってしまえばそれまでだが、身をもむようにして嗚咽《おえつ》するお涼の姿を見ると、この女の無垢《むく》な心をもてあそんだ数馬の身勝手さに、いまさらながら怒りがこみ上げてくる。さすがに幻十郎は居たたまれなくなり、

「話というのはそれだけだ」

いいおいて、振り向きもせず立ち去った。

蠣殻町の『風月庵』に着いたのは、西の空に陽が没して、薄墨を刷いたような夕闇がただよいはじめたころだった。

丸太門をくぐると、庭に面した障子にほんのりと行燈《あんどん》の明かりがにじんでいるのが見えた。玄関に足を踏み入れるなり、

「お帰りなさい」

と声がして、奥から志乃がいそいそと出てきた。

「数馬さんには会えたんですか?」

「ああ」

うなずいて塗り笠をはずし、板間に上がる。夕飯の支度をしていたのだろう。台所から香ばしい味噌《みそ》汁の匂《にお》いがしてくる。歌次郎の姿はなかった。囲炉裏の前に腰を下ろすと、

「夕飯の支度ができるまで、お茶でもどうぞ」

志乃が茶を入れて差し出した。それを口に運びながら、

「とんだ食わせ者だったぜ、あの男」

幻十郎が吐き棄てるようにいった。

「あの男って、数馬さんのこと?」

「お市の方と小太郎を『三の丸派』に売ったのは数馬だったのだ」

「まさか!」

志乃の顔が凍りついた。

「本人が白状した。比留間と取り引きしたとな」

「で、でもなぜ?」

「出世を餌《えさ》に釣られたのだ」

「そんな……、そんな身勝手な理由で、お市の方さまと小太郎君を……」

憤怒で声がふるえている。

「人の心は読めんものだ。もう少し早くそのことに気づいていれば……」

幻十郎の胸にも深い悔恨があった。もっと早く数馬の正体を見抜いていれば、何人かの命が救えたはずである。それを思うと慙愧《ざんき》に堪えない。

「で、数馬さんはどうなったんですか」

「死んだ」

「旦那《だんな》が……？」

「ああ、おれが斬った。お市の方と小太郎の恨みを晴らすためにな」

「それで本当に恨みが晴れたんでしょうか」

「…………」

「お市の方さまは、あの人を信じてついていったんですよ。それなのに……」

声がつまった。目がうるんでいる。

「私の気持ちがおさまりません。竹内数馬は……私がこの手で殺してやりたかった……」

「志乃」

そっと志乃の肩を引き寄せた。

「忘れろ。何もかも忘れるんだ」

「旦那」

狂おしげに幻十郎の首に腕を巻き付け、耳元でささやくようにいった。

「忘れさせて……」

3

南本所番場町、岩津藩中屋敷の一室――。

ほの暗い明かりの中で、男女の裸身が妖《あや》しげにうごめいている。江戸家老の戸田主膳と側室・お須磨の方である。緋緞子《ひどんす》の豪華な夜具の上にお須磨の方が四つん這《ば》いになり、主膳がうしろから犬のように責め立てている。

春とは思えぬ、むし暑い夜である。障子を閉め切ったその部屋には、むんむんと熱気が立ち込め、ふたりの体は水を浴びたように汗でぬめぬめと光っている。

「あっ、ああ……」

髪を振り乱して、お須磨の方が喜悦の声をあげる。主膳も激しく腰をふりながら、けだものじみた声を発した。ともに限界に達していた。

「だ、だめ！」

「わしも……、果てる！」

叫ぶなり、主膳は一気にそれを引き抜いた。お須磨の方の背中に白い泡沫《ほうまつ》が飛び散る。主膳は精根つき果てたように夜具の上に横倒しにころがった。お須磨の方がその上にぐったりと体をあずける。四肢を弛緩《しかん》させたまま、ふたりはしばらくの間、惚けたように情事の余韻にひたっていたが、ややあって主膳がむっくり上体を起こし、片手でお須磨の方の乳房を愛撫《あいぶ》しながら、

「朗報がある」

ぼそりといった。

「お市の方と小太郎が死んだぞ」

「まことでございますか！」

お須磨の方がはじけるように体を起こした。

「何者かに拉致《らち》され、本郷菊坂で死体で見つかったそうじゃ」

「何者か、と申されますと？」

「分からん。身代金目当ての無頼の者の仕業やもしれぬ……。殿にはそのようにご報告しておこう」

「ふふふ」

お須磨の方の顔に意味ありげな笑みが泛かんだ。

「そういうことでございますか」

「いささか出来すぎた筋書きだが、これで内藤五万石の世継ぎは決まったも同然。あとは殿が身まかるのを待つだけじゃ」

「では、義保が内藤家の跡取りということに……?」

「九分九厘、間違いない」

「ああ、夢のよう……」

うっとりと目を細めながら、主膳の股間《こかん》に手を伸ばし、萎《な》えかけた一物をしなやかな指で愛撫しはじめた。

「夢は大きいほどよいからのう。殿のご存命中に何としても幕閣入りを図り、その跡を義保に継がせたい」

現藩主・内藤但馬守の幕閣入りが実現すれば、いずれ但馬守の跡を継ぐ義保も、世襲的にその地位につくことになり、そうなれば義保を傀儡《かいらい》にして主膳自身も大きな権勢を得ることになるのである。主膳が多額の賄賂を使って但馬守の猟官運動に奔走しているねらいは、まさにそこにあった。

「あと一歩じゃ」

お須磨の方の指の中で、しだいに膨脹してゆくおのれの一物を見下ろしながら、主膳が陶然とつぶやいた。

「そなたは藩主の生母、わしはその側近。内藤五万石がわしらの掌中に落ちるのは、

「そう遠い先のことではない」

「戸田さまのご尽力のおかげで、私の長年の夢もかないます」

といいつつ、指の動きを速める。主膳の一物は天を突かんばかりに怒張している。いきなりお須磨の方が上体を折って、それを口にふくんだ。ううっ、とうめいて主膳がのけぞる。それを上目づかいに見ながら、お須磨の方が口の中で一物を出し入れする。

「い、いかん」

主膳がわめく。炸裂《さくれつ》寸前だ。

「どうぞ、口の中で」

「よいか、まいるぞ」

いうなりお須磨の方の頭を抱え込み、さらに深くそれを挿入すると、主膳はお須磨の口の中で一気に放出した。

それから半刻ののち、身支度をととのえた主膳は、お須磨の方に見送られて駕籠《かご》に乗り込み、ひっそりと中屋敷をあとにした。供もなく陸尺《ろくしゃく》だけの微行《しのび》駕籠である。

夜空に薄雲がかかり、月影がぼんやりとにじんでいる。主膳を乗せた微行駕籠が、番場町の武家屋敷街をぬけて、大川端の道に出たときだった。先棒の陸尺がふいに足を止めて、不審げに前方の闇を透かし見た。

行く手に黒い影が立っている。よく見ると、その影は女だった。顔を紫紺の布でおおい、物の怪のように惘然《もう》と突っ立っている。

「どうした?」

駕籠の中から問いかける主膳に、先棒の陸尺が怯《おび》えるように応えた。

「怪しげな女が……」

「おんな?」

駕籠の戸を引き開けて、主膳が降り立った。紫紺の布で面をおおった女が、それを見てゆっくり歩み寄ってくる。ただの通りすがりの女ではない。明らかに駕籠を待ち受けていた様子である。主膳の右手が刀の柄にかかった。

「何者じゃ」

突然、女が走り寄ってきた。主膳は反射的に数歩跳び下がって身構えた。

「竹内数馬さまの仇ッ!」

叫ぶなり、女はふところに隠し持った匕首《あいくち》を抜き放ち、もろ手に柄をにぎって一直線に突きかかってきた。不意をつかれて、ふたりの陸尺はおろおろと逃げまどうばかりである。

「おのれ、曲者!」

突きかかってきた匕首をかろうじてかわし、主膳は刀を抜いた。女が死に物狂いで斬りかかってくる。左右にかわしながら、主膳は袈裟《けさ》がけに斬り下ろした。ずばっと女の胸元が切り裂かれ、白い胸乳から鮮血が飛び散った。大きくのけぞり、面をおおった紫紺の布がひらりと宙に舞った。

「お前は……！」

女の顔を見て、主膳が思わず驚声を発した。藩金横領の罪で処刑された『備中屋』のひとり娘・お涼だった。むろん主膳はお涼の顔を見知っている。

「お涼か！」

「か、数馬さまの仇ッ！」

血まみれになりながら、なおも必死の形相で斬りかかってくるお涼に、主膳は拝み打ちの一刀を浴びせた。着物が千々に切り裂け、肩の骨が砕け、白い肉片が飛び散る。一瞬、棒立ちになったお涼は、幽鬼のように凄愴《せいそう》な顔で主膳をにらみつけ、そのまま声もなく倒れ伏した。

「数馬の仇？」

お涼の死体を見下ろしながら、主膳がけげんそうにつぶやいた。お涼と数馬の関係も、数馬が殺されたことも、主膳はまだ知らなかった。気を取り直して、駕籠のかたわらに茫然《ぼうぜん》と突っ立っている陸尺に、

「女の死骸《しがい》を片づけろ」

「はっ」

と陸尺が駆け寄ってくる。

そこから十数丁下流に幕府の御米蔵があった。かつては材木蔵が置かれた場所だったが、享保十九年（一七三四）、材木蔵は猿江町に移され、その跡に御米蔵が建てられた。その蔵は俗に「御竹蔵」とよばれている。

御竹蔵の入堀にかかる「御蔵橋」の下で、お涼の斬殺死体が発見されたのは、翌朝の六ツ（午前六時）ごろだった。

4

若年寄・田沼意正が飯田町の相良《さがら》藩上屋敷に帰邸するのを見計らったように、ほどなく門前に一挺の町駕籠が止まり、『備中屋』のあるじ・儀兵衛が袱紗《ふくさ》包みを抱えて降り立った。

門番に丁重に頭を下げて、儀兵衛が足早に門内に姿を消すと、しばらくしてまた二挺の網代《あじろ》駕籠が止まった。一挺の駕籠からは浜松藩江戸留守居役の物部勘解由、もう一挺からは戸田主膳が降り立ち、軽く会釈を交わし合ってそそくさと門をくぐっていった。

ふたりが通されたのは表書院である。白衣《びゃくえ》（平服）に着替えた田沼と儀兵衛がそこで茶を喫していた。物部と主膳が着座すると、すかさず茶坊主が茶菓の盆を運んできて、すぐに退出した。神妙な顔で茶を飲み終えると、主膳が田沼の前につと膝をすすめ、

「このたびは多大なるご尽力を賜りまして、まことにありがとう存じます」

と丁重に礼をいい、

「昨日、国元からの早飛脚により、国家老・松倉善太夫が自死したとの知らせが届きました」

「ほう、松倉どのが自死を……？」

「みずからの失政を認め、自邸で腹を切って果てたそうでございます」

「で、『二の丸派《がかい》』の動きは？」

「ほぼ瓦解《がかい》いたしました。大方は次席家老・石母田采女どのに恭順の意を表す誓紙を差し出したとのよし」

「つまり、白旗をかかげたというわけか」

「はい。それに……」

主膳がふっと老獪《ろうかい》な笑みを泛かべ、

「先日、側室お市の方さまとその御子・小太郎君が何者かに拉致《らち》されたあげく、殺害

される という事件がございました」

「ふふふ、それはまた奇妙な偶然じゃのう」

冷めた茶を口に運びながら、田沼が皮肉に笑った。もとより主膳の話を額面通りには信じていない。すべては「三の丸派」が仕組んだ陰謀だと思っている。ふたりのやりとりに耳をかたむけていた物部がおもむろに口を開いた。

「となると、これで決まりですな」

「仰せのとおり」

得たりと主膳がうなずく。

「これで殿も迷うことなくご決断あそばされるに相違ございません」

内藤家の世継ぎのことである。小太郎がこの世を去ったいま、残されたのはお須磨の方の子・義保だけである。決断も何もあろうはずがない。その義保が内藤家の跡目をつぐ前に、現藩主・内藤但馬守の幕閣入りをなんとしても実現させたい。それが主膳の当面の目的であった。

一方、浜松六万石・水野忠邦の腹心・物部勘解由も、主膳の猟官運動を側面から支援することによって、内藤家と因縁浅からぬ田沼に「貸し」を作り、主君・水野忠邦の出世栄達を図りたいという野望を抱いていた。

田沼意正は、そうした両者の野望や野心をたくみに操りながら、双方から多額の賄賂をせしめ、その一部を老中首座・水野出羽守忠成に献金して、おのれの出世をも図っていたのである。

「何はともあれ……」

脇息《きょうそく》にゆったりともたれて、田沼が、

「これをもって内藤家の騒動は落着したということじゃな」

「御意にございます」

「それは重畳。ご当主・内藤但馬守どのの昇進の件、さっそく水野出羽守さまに言上しておこう」

「恐悦至極に存じます」

深々と叩頭《こうとう》しながら、主膳はかたわらの儀兵衛にちらりと目配せした。すかさず儀兵衛が袱紗包みを開く。中身は切り餅六個。そのうち四個（百両）を田沼へ、二個（五十両）を物部の前へうやうやしく差し出し、

「些少ではございますが、これは手前どもからのほんのお礼のしるしでございます。どうぞお納め下さいまし」

「うむ」

とうなずいて、田沼は無造作に切り餅をつかみ取り、背後の手文庫に納めた。物部も二個の切り餅をふところにしまい込む。

「ところで、物部どの」

田沼が物部に向き直り、

「水野忠邦どのの幕閣入りの件だが、先日、出羽守さまより内々の御意を得た。まずは西の丸の老中職についてもらったらどうかとな」

「西の丸老中……！」

「遅くとも三年後には決まるであろう。本丸老中への昇進はそのあとの話じゃ」

「思し召し、ありがたく承りました。殿もさぞかしお喜びになられるでしょう」

感きわまったように顔を赤らめ、両手をついて深々と頭を下げた。

若年寄・田沼意正の人事権は強大である。この夜、物部に約束したとおり、浜松藩主・水野忠邦は三年後の文政十一年（一八二八）に西の丸老中、さらに六年後の天保五年（一八三四）に本丸老中、同八年（一八三七）には勝手掛老中へと昇進し、同十年（一八三九）にはついに悲願の老中首座へと昇りつめることになるのである。

二更——亥の上刻（午後九時）。

田沼邸で酒肴《しゅこう》をふるまわれた戸田主膳は、上機嫌で番町の上屋敷に戻った。家臣たちはすでに床について、邸内はひっそりと寝静まっていたが、ただひとり、奥書院で主膳の帰りを待ち受けていた男がいた。横目頭の比留間伝八郎である。

「お帰りなさいませ。いかがでございましたか？」

「うむ。万事うまくいった」

「さようでございますか。お茶でも運ばせましょうか」

「いや」

と首を振って、

「それより比留間、昨夜の一件、調べはついたか」

険しく眉を寄せて訊いた。お涼に襲われた一件である。比留間が膝行《しっこう》して応えた。

「その前にご報告しておかねばならぬことが」

「何だ」

「先刻、町奉行所与力より知らせがございました。昨夕、亀井町の竹森稲荷の参道で竹内数馬の斬殺死体が見つかり、小伝馬町牢屋敷の溜めに収容したとのことでございます」

「数馬が殺された？」

「その数馬を匿っていたのが備中屋宗右衛門のひとり娘・お涼」

「そうか。それで絵解きができたぞ。お涼はわしらが数馬を殺したと思い込み、わしを仇とねらったに相違ない」

「御意」

「しかし、いったい誰が数馬を……？」

「おそらくは、数馬の寝返りを知った者の仕業ではないかと」

「とすれば、江戸市中にまだ『二の丸派』の残党が伏在しているということになる」

「目下、手をつくして調べさせております」

「それに……」

と、苦い顔で主膳は嘆息をついた。気がかりなことがもう一つあった。

三味線堀の下屋敷から、お市の方と小太郎を連れ出した人物。その正体がまだ分かっていない。むろん比留間は、その件に関しても数馬を問い詰めたのだが、「死神幻十郎」と名乗る得体のしれぬ浪人と応えただけで、あとは知らぬ存ぜぬの一点張りだった。比留間がそれ以上の追及をあえて避けたのは、何よりもお市の方と小太郎の行方を聞き出すことが先決だったからである。いまとなってはそれが悔やまれる。

「不覚でございました。あのとき、もう一押ししておれば……」

比留間が無念そうに唇を嚙んだ。

「いずれにせよ。まだまだ油断はならぬ。今後も探索の手をゆるめるでないぞ」

「はっ」

5

満開の花を咲かせていた稲荷堀の桜も、いまはもうすっかり散って葉桜になっていた。

初夏を思わせる強い陽差しがさんさんと降りそそいでいる。

いつものように幻十郎は『風月庵』の裏手の雑木林で刀の素振りをしていた。「闇の刺客人」を生業《なりわい》とする幻十郎にとって、生と死はつねに背中合わせにある。生きるためには敵に勝たねばならない。敵に勝つためには、日々の修行鍛錬を欠かすことができないのである。

剣はしょせん人を殺す道具であり、剣の道とは、人を殺すための業をきわめることである。いかに人を殺すか。幻十郎がきわめようとしている剣も、まさにそれだった。道場で学ぶ剣は単なる「形」にすぎない。構えや足さばき、身のこなしを学んだだけでは生身の人間を斬ることはできまい。ただの生くら剣法である。真剣勝負の場合、彼我《ひが》の優劣を決するのは、膂力《りょりょく》であり、速さであり、度胸である。そのすべてを幻十郎は我流で学び、実戦で身につけてきた。

「旦那」

ふいに背後で声がした。振り返ると、歌次郎が小走りに駆けつけてくる。

「どうした？」

「お涼が殺されやしたよ」

「なに」

「おとついの朝、本所御蔵橋の下で死体で見つかったそうで」

「御蔵橋の下で?」

「偶然にもあっしの知り合いの船頭が見つけやしてね。近くの番屋の番太と一緒にお涼の死体を引き上げたそうなんです。かわいそうに肩から胸にかけてざっくり切り裂かれていたそうです」

「下手人は侍か……」

暗然とつぶやきながら、幻十郎は刀を鞘におさめた。

「検死の町方与力もそう見てるようで」

「しかし、なぜ?」

最大の謎は、お涼の死体が発見された場所だった。御蔵橋の界隈は、幕府の米蔵と武家屋敷ばかりである。そんな場所にお涼がわざわざ出向く理由はないはずだ。

「誰かにおびき出されたんじゃねえでしょうか」

歌次郎がいった。そのとき、

「待てよ」

一瞬、幻十郎の脳裏にひらめくものがあった。

「御蔵橋の近くに岩津藩の中屋敷があったな?」

「へい」

「それだ。お涼はその中屋敷に向かったに違いねえ」

竹内数馬の死を知ったとき、お涼は「三の丸派」の仕業と思い込んだに違いない。そして数馬の仇を討つために番場町の中屋敷に向かい、屋敷に出入りする家士の命をねらった。おそらくお涼にとって「三の丸派」の侍なら誰でもよかったのだろう。せめて数馬のために一矢報いたいという、切羽つまった気持ちに駆り立てられたに違いない。

お涼は商家の娘である。当然のことだが武芸の心得などあろうはずがない。逆に返り討ちにあって斬り殺された、と考えれば何もかも平仄《ひょうそく》が合う。そこまで考えたとき、幻十郎の胸に針で突き刺すようなするどい痛みが奔った。

（やはり知らせるべきではなかった）

数馬の死を知らせたことへの悔恨である。それほどまでに思い詰めていたかと思うと、お涼の心を読み切れなかったおのれの浅慮に腹が立った。まさに痛恨のきわみである。同時にその怒りの矛先は戸田主膳をはじめとする「三の丸派」に向けられていた。

「歌次」

幻十郎が振り返った。

「いよいよ煮詰まってきたようだな」

「へい」

「お涼の供養をしてやろうじゃねえか」

「と申しやすと？」

「まず横目頭の比留間を血祭りにあげる」

「上屋敷に乗り込むんですかい」

「一か八かの危ねえ橋だが、おめえにも一肌脱いでもらいてえ」

「へえ。何なりと……」

常になく厳しい顔で歌次郎がうなずいた。


その日の夕刻。

番町の岩津藩上屋敷の裏道を、薄汚れた衣に蓬髪《ほうはつ》・ひげ面《づら》の男が、あたりに鋭い目を配りながら歩いていた。願人坊主《がんにんぼうず》に扮《ふん》した歌次郎である。願人坊主とは、鞍馬寺大蔵院・円光院配下の乞食坊主のことで、江戸市中を徘徊《はいかい》して民家の門前に立ち、阿呆《あほ》陀羅経《だらきょう》や浄瑠璃《じょうるり》などを歌って米や銭を乞うて歩く者のことをいう。

屋敷の周辺は夕闇につつまれ、行き交う人影もなく森閑と静まり返っている。

赤坂田町の時の鐘が六ツ（午後六時）を告げはじめた。それを合図のように歌次郎は足を止めて、もう一度あたりを見回した。人の気配はない。素早くふところから鉤《かぎ》縄《なわ》の束を取り出して、築地塀の外に張り出している松の枝をめがけて投げた。カチッと鉤先が枝を咬《か》む。それを伝って塀をよじ登ろうとしたとき、

「曲者ッ！」

突然、怒声がひびき、塀の角から四人の侍が脱兎《だっと》の勢いで飛び出してきた。巡回中の横目たちである。歌次郎はとっさに身をひるがえして奔馳《ほんち》した。

「待て！」

四人の横目が猛然と追ってくる。歌次郎は必死で逃げた。横目のひとりが追走しながら小柄を投げた。歌次郎の体がもんどり打って前のめりに倒れた。小柄が足首に突き刺さっている。素早くそれを引き抜き、立ち上がろうとしたところへ、四人の横目が駆けつけてきて、怒濤《どとう》のごとく歌次郎に躍りかかった。がつんと鈍い音がして首根に激痛が奔った。一瞬、目の前が真っ暗になった。体がふわりと浮いたような気がしたが、すぐに意識を失った。

気がつくと、両手両足をがんじがらめに縛られて、土間の暗がりに転がされていた。薄目を開けてあたりを見回した。ぼやけた視界に五つの人影が映った。その五人は歌次郎を取り囲むように立ちはだかっている。ひとりが膝を折って、歌次郎の顔をのぞき込んだ。

「気がついたか？」

比留間伝八郎である。どうやらここは藩邸内の侍長屋の土間らしい。

「貴様、何を探りにきた？」

「…………」

歌次郎は応えない。口を引きむすんだまま顔をそむけた。

「吐けッ」

叫ぶなり、比留間が思い切り脇腹を蹴り上げた。歌次郎の顔が苦痛にゆがむ。

「素直に白状しろ。誰に頼まれて、何を探りにきたのだ？」

「…………」

「強情なやつだな」

苦々しくつぶやきながら、腰の刀を鞘ごと抜いて、鐺《こじり》の先端で歌次郎の顔面を力まかせに殴打した。バッと鼻血が飛び散り、歌次郎の顔が赤鬼のように朱に染まった。

それでも歯を食いしばって堪えている。

「おれを甘く見るなよ」

苛立つように刀の鞘を払い、柄を逆手に持って切っ先を歌次郎の顔に突きつけた。

「まず右目をえぐる。その次は左目だ」

かちゃ、と刃を返した。さすがに歌次郎の顔から血の気が引いた。

「ま、待ってくれ！」

「………………」

「そ、それだけは勘弁しておくんなさい」

「白状するか」

「し、します。何もかも白状します」

「では、もう一度訊く。貴様の雇いぬしは誰だ？」

「か、神沼源三郎さまです」

「聞かぬ名だな。どこの家中だ？」

「陸奥《むっ》のご浪人さんだと聞きました」

「浪人？」

「一両払うから、このお屋敷の様子を探ってきてくれと……。あっしが知っているのはそれだけです」

「屋敷の様子とは、どういうことだ？」

「つまり、その……。警備のお侍の数とか、お屋敷内の結構とか……」

「それをいつどこで報告することになっている？」

「今夜五ツ、善国寺谷《ぜんこくじだに》で落ち合うことに」

「そうか」

比留間の目がぎらりと光った。善国寺谷は麴町《こうじまち》にある。番町の岩津藩上屋敷からは四半刻もかからない距離である。その地名が示すとおり、番町から麴町六丁目にかけて深い谷になっており、以前はそのあたりに善国寺という寺があったが、寛政四年(一七九二)に火除け地として召し上げられ、寺は牛込神楽坂に移された。現在の毘沙門天がそれである。川柳に、

谷の名に　寺号は末世のおきみやげ

とあるように、寺の空き地には「善国寺」の名前だけが残ったのである。この谷は別名「鈴振谷《すずふりだに》」ともいう。

「おい」

と、比留間が振り返り、居並ぶ横目のひとりに歌次郎のいましめを解かせると、

「貴様の名を聞いていなかったな」

蛇のような目で歌次郎の顔をねめまわした。

「歌次郎と申しやす」

「本業は」

「猪牙舟《ちょきぶね》の船頭をしておりやす」

「神沼という浪人者とはどこで知り合ったのだ」

「柳橋の船宿で……」

「貴様、本当にその浪人者の正体を知らんのか」

「二、三度、船宿で顔を合わせただけですので、本当に何も知らねえんです。一両の金に目がくらんでこんなことを引き受けちまいましたが、いまは後悔しておりやす。どうかお許し下さいまし」

滴り落ちる鼻血を手の甲でぬぐいながら、歌次郎は哀願するように何度も頭を下げた。

「まだ信用できんな。念のために善国寺谷まで案内してもらおうか」

「あっしが案内を……」

「つまり」

一瞬の沈黙があって、比留間の顔に狡猾《こうかつ》な笑みが泛かんだ。

「貴様に囮《おとり》になってもらうということだ」

「…………」

歌次郎の顔が凍りついた。

第七章　殺し針

1

陰々と鐘の音が鳴りひびいている。

五ツ（午後八時）を告げる赤坂田町の時の鐘である。

月も星もない暗夜。白い夜霧が坂の上から善国寺谷の底に向かってゆったりと流れてゆく。谷の底にほんのりとにじんでいる灯影《ほかげ》は、寺の跡地に立てられた地口行燈《じぐちあんどん》（常夜燈）の灯りであろう。その微光の中を、痩《や》せた野良犬がのっそりと横ぎり、霧の奥にのっそりと消えていった。

時の鐘が鳴りやんだ。

寂《せき》として、物音ひとつしない。

ややあって、立ち込める霧の中に忽然《こつぜん》と人影がわき立った。黒の塗り笠、黒木綿の小袖《こそで》に鈍色《にびいろ》の裁着袴《たっつけばかま》、朱色の大刀を腰に落とした浪人――幻十郎である。

地口行燈の前で足をとめ、油断なく四辺を見回しながら、

「歌次」

と低く声をかけた。それに呼応して、霧の奥からひたひたと足音がひびき、男が小走りに走り寄ってきた。地口行燈の灯りの中に浮かび立ったその男の顔を見て、幻十郎は思わず息を呑んだ。顔面が無残に腫《は》れあがった歌次郎である。

「歌次、どうしたんだ？　その顔は」

「実は、その……」

いいよどむ歌次郎の顔を見て、幻十郎は瞬時に事態を察知した。とっさに刀の柄に手をかけて、背後を振り返った。霧がゆらりと揺れて、闇《やみ》の奥に三つの黒影が浮かび立った。

「ふっふふ、かかったな。どぶ鼠《ねずみ》」

ずいと歩み出たのは、比留間伝八郎だった。いつの間にか、反対側にも二つの影が立っていた。いずれも全身黒ずくめの侍たちである。笠の下の幻十郎の目は比留間を射すくめている。

「貴様が比留間伝八郎か」

「わしの名を知ってるとは、ただの素浪人ではなさそうだな。何者だ？　貴様」

「名乗るほどの者じゃねえ」

「ま、いいだろう。もはや袋の鼠だ。貴様の素性は屋敷でゆっくり聞かせてもらう」

「貴様も鈍い男だな。まだ分からねえのか」

「どういうことだ？」

「罠《わな》にかかったのは、貴様のほうなんだぜ」

「なに」

「へっへへ」

歌次郎があざけるように笑った。

「手めえたちをおびき出すために、おいらが一芝居打ったのよ」

比留間の顔が硬直した。

「おのれ、図ったな。斬《き》れ！」

配下の横目に下知した。五つの影がいっせいに地を蹴《け》って斬りかかってくる。

しゃっ。

幻十郎の刀が鞘走《さやばし》る。横目のひとりを袈裟《けさ》がけに斬り倒し、返す刀でもうひとりの刀をはじき返すと、歌次郎をかばって横ざまに走った。走りながら横に薙《な》ぐ。ぎゃっと悲鳴が上がり、ひとりが大きくのけぞる。数間走って足を止め、右八双に構えて敵の動きを探った。

紗幕《しゃまく》を張ったように白い霧が視界を閉ざしている。正面にひとり、左右にひとりずつ、三つの影が霧ににじんでいる。右の影が跳躍した。間髪を容れず、逆袈裟に斬り上げた。白い霧の幕に鮮血が飛び散り、ごろっと音を立てて何かが足もとに転がった。切断された首である。

すぐさま体を反転させ、斬り上げた刀を返して叩《たた》き下ろす。鋭い鋼《はがね》の音がひびき、両断された刀がきらりと二筋の光跡を描いて、霧中に舞った。刀を折られた横目が勢いあまって前に突んのめる。そこを一気に突いた。切っ先が胸板をつらぬく。すぐに引き抜いて正眼に構える。

残るはひとり——比留間が刀を中段に構えて、幻十郎の正面に立った。その顔には寸刻前の不敵な表情はなかった。幻十郎の剛剣に恐れをなしたか、口の端が引きつっている。

「神沼源三郎」

比留間がうめくようにいった。

「どうせそれも変名であろう。貴様、いったい何者なのだ？」

「冥府《めいふ》の刺客、死神幻十郎」

「死神！……す、すると」

「竹内数馬を斬ったのは、このおれだ」

「そうか。誰の差し金で動いている?」

「地獄の閻魔《えんま》大王だ」

「た、たわけたことを申すな!」

逆上し、遮二無二斬りかかる。間一髪、幻十郎は横に跳んでかわした。比留間は二、三歩のめりながら、かろうじて踏みとどまり、くるっと背を返して向き直った。その刹那《せつな》、幻十郎の刀が比留間の肩口に飛んだ。ずばっと骨肉を断つ音がして、肩の付け根から刀をにぎったままの右腕が地に落ちた。

げっ、と奇声を発して比留間が膝《ひざ》を折る。切断された肩からおびただしい血が噴出し、たちまち膝元に血だまりができた。幻十郎がその前に立ちはだかると、比留間は片手を突いて地面にひれ伏し、

「わしの負けだ。ひ、引いてくれ」

「命乞いか」

「頼む」

「おれの問いに応えたら助けてやる。お涼を殺したのは誰だ?」

「ご、ご家老だ」

「戸田主膳か」

「そうだ。南本所の中屋敷を訪ねた帰りに、お涼に襲われたと……」

「それで返り討ちにしたというわけか」

「お涼は〝数馬の仇〟といったそうだが……、数馬を殺したのが貴様だとすれば、お涼はとんだ勘違いをしていたのだ」

その言葉が幻十郎の胸にぐさりと突き刺さった。やはりお涼は数馬の仇を討つために戸田主膳の命をねらったのである。比留間から真相を聞かされて、あらためて幻十郎の胸に痛恨の思いと自責の念がこみ上げてきた。

「お涼の父親・宗右衛門に藩金横領の濡《ぬ》れ衣を着せたのも戸田主膳か」

苦痛にあえぎながら、比留間がうなずいた。肩の出血は止まらない。

「三番番頭の儀兵衛を抱き込んで帳簿を改ざんさせ、その罪を宗右衛門にかぶせた。すべてはご家老が企んだことだ」

「消えた三千両はどこへ行った？」

「若年寄・田沼さまへの賄賂に使った」

「もう一つ訊《き》く。国家老・松倉善太夫の密使を暗殺したのは、どこの家中の侍だ」

「浜松藩江戸留守居役・物部勘解由どのの配下の者たちだ」

「浜松藩？」

「田沼さまの指示で動いていたようだが、くわしいことはおれも知らぬ」

比留間の体が震え出した。応えている間も切断された傷口からおびただしい血が流れ出している。みるみる比留間の顔が青ざめていった。

「知ってることには応えた。血を止めさせてくれ」

そういうと、比留間は左手と口を使って刀の下げ緒をほどき、それを腕のない肩口にきりきりと巻きはじめた。だが、血は一向に止まらない。それでも巻きつづける。死の間際に立たされると、人間はこれほど「生」に執着するものなのか。

「いまさら手当てをしても遅いぜ」

幻十郎が冷然といった。

「お、おれは死にたくない。この近くに医者がいる。いまなら自力で歩ける。頼む。医者に行かせてくれ」

「医者の手を借りるまでもねえだろう」

突き離すようにいって、幻十郎は刀を振り上げた。一瞬、けげんそうに見上げる比留間に、

「おれが楽にしてやる」

いうなり、振り上げた刀を垂直に比留間の首に突き立てた。切っ先が盆の窪《くぼ》をつらぬき喉元《のどもと》に飛び出した。それを一気に引き抜く。声も叫びもなく、比留間はがっくりと首を折って絶命した。刀の血ぶりをして納刀すると、歌次郎がほっとしたように駆け寄ってきた。

「旦那《だんな》」

「怪我は大丈夫か」

「へえ。ご心配にはおよびやせん」

「こいつらの死体を始末する。すまんが手を貸してくれ」

「合点」

このまま五人の死体を放置しておけば、いずれ誰かに見つかり、岩津藩は大騒ぎになるだろう。戸田主膳の身辺警護も一段と厳重になるに違いない。そうなると、このあとの「仕事」がやりにくくなる。歌次郎が拾ってきた棒切れで死体を埋める穴を掘った。

五人の死体を埋めて善国寺谷をあとにしたのは、子《ね》の下刻（午前一時）ごろだった。

2

昨夜の激闘と穴掘りの疲労のせいか、幻十郎はいつもより半刻遅い六ツ半（午前七時）に目がさめた。寝間の東側の障子窓には朝陽がさんさんと降りそそいでいる。

板間に行くと、囲炉裏の前で志乃が歌次郎の顔の傷の手当てをしていた。

「どうだ？　怪我の具合は」

「へえ。だいぶよくなりやした」

顔の腫れは引いているが、右頬《ほお》に残った赤黒い痣《あざ》が痛々しい。

「すまなかったな。危ねえ目にあわせちまって」

「なに、どうってことありやせんよ」

「歌次さんを囮《おとり》に使うなんて、旦那もずいぶんと荒っぽい手を打ちましたね」

志乃が苦笑する。

「ああでもしなきゃ、比留間を屋敷の外におびき出すことができなかった。苦肉の策ってわけさ」

「おかげで歌次さんの鼻がつぶれちゃったじゃないですか」

「あっしの鼻は前からつぶれてたんで。へっへへへ」

歌次郎が軽口をたたく。

「でも、無事でよかった。終わりましたよ」

「ありがとうござんす」

「さ、朝ご飯にしましょうね」

と立ち上がって、志乃は台所に去った。ほどなく朝餉《あさげ》の支度がととのい、三人が膳《ぜん》を囲んで食べはじめたとき、玄関の引き戸ががらりと開いて、市田孫兵衛が入ってきた。

「あら、市田さま」

　志乃が振り向くと、

「食事中か」

　と、いいつつ、孫兵衛がずかずかと上がり込んできた。

「よろしかったら、市田さまもご一緒にいかがですか」

「いや、朝餉はすませた。わしに構わず食ってくれ」

「では、お茶でも」

　志乃が茶を入れて差し出す。それをすすりながら、

「よい季節になったのう。今朝も雲ひとつない晴天じゃ。散策ついでにちょいと立ち寄らせてもらったんだが……」

　それが口実であることを、むろん三人は知っている。散策にかこつけて「仕事」の催促にきたことは見え見えだった。幻十郎は急いで飯をかきこむと、

「散策に付き合いましょう」

　と腰を上げた。

「いや、気を遣わんでもいい」

「今年は早いですな」

「何が？」

「裏の林で時鳥《ほととぎす》が鳴いています」

孫兵衛が湯飲みを置いて耳をそばだてた。

「……おう、聞こえる。聞こえる。まさしくあれは時鳥の声じゃ」

「見に行きますか」

「見えるのか？」

「あいつはずるがしこい鳥でしてね。自分では巣を作らずに、うぐいすなどの巣を横取りして卵を産むんです」

「ほう、それは知らなんだ」

「行きましょう」

孫兵衛をうながして外に出た。

裏の雑木林でしきりに時鳥が鳴いている。木漏れ陽が縞《しま》模様を描く小径を歩きながら、幻十郎が皮肉っぽい口調でいった。

「楽翁さまのご機嫌はいかがですか？」

「おぬしからさっぱり報告がないので、すこぶる機嫌が悪い」

「歳を取ると人間は気が短くなる。困ったものですな」

「おぬしは知らんだろうが」

むっとした表情で孫兵衛が反論する。

「ふだんは、おだやかなお人柄なのじゃ。花鳥風月を愛でたり、和歌をお詠みになったり、書にお親しみになったり。……あれでなかなかの文人なのじゃよ。楽翁さまは」

楽翁は、徳川御三卿《きょう》の筆頭・田安家の出である。八代将軍吉宗を祖父にもち、文人学究肌の田安宗武《むねたけ》を父にもつ楽翁は、幼いころから儒学・詩文・書画に英才ぶりを発揮し、将来を嘱望されていた。とりわけ和歌づくりには天性の才をみせ、弱冠十六歳で詠んだ次の和歌は、京の縉紳《しんしん》のあいだで大絶賛を受けた。

心あてに見し　夕顔の花ちりて
たづねぞわぶる　たそがれの宿

後年、「黄昏《たそがれ》の少将」と呼ばれる縁由《えんゆ》となった名吟である。幻十郎は市田孫兵衛から何度もその話を聞かされて知っている。

「だがのう」

孫兵衛がふと眉《まゆ》を曇らせて、

「政事《まつりごと》の話となると、殿はまるで人が変わったように癇症《かんしょう》になられる。それが唯一の欠点なのじゃ」

「市田どののお立場はよく分かります」

「ならば早く聞かせてくれ。その後、どうなったのじゃ。岩津藩の騒動は」

「やっとあらましが見えてきましたよ」

緑陰の道をそぞろ歩きながら、幻十郎はこれまでの探索経過を巨細《こさい》もれなく報告した。孫兵衛は幻十郎のかたわらにぴたりと体を寄せて、一言一句を聞き逃すまいと耳をかたむけている。最後に内藤五万石の騒動の主役が、江戸家老の戸田主膳と浜松藩江戸留守居役・物部勘解由、そして岩津藩御用達の産物問屋『備中屋』のあるじ・儀兵衛であることを告げると、

「世継ぎ問題がからんでいるとなると、その三人だけではすむまい。側室・お須磨の方とその子・義保。それに国元の次席家老・石母田采女も同罪じゃ」

「その三人も始末しろと?」

「殿にご報告すれば、同じことを申すであろう」

「しかし、子供を殺すというのは……」

「義保は十六じゃ。子供ではない」

「義保を消せば但馬守の継嗣が途絶し、内藤家は断絶となります」

「ふむ」

さすがの孫兵衛も返答に困った。

「それに権力欲に取りつかれているのは、母親のお須磨の方です。子供の義保には何

の罪もありませんよ」

「ならば義保をのぞくふたりを加えて、つごう五人でどうじゃ？」

まるで商人《あきんど》が十露盤《そろばん》勘定をしているようなやりとりである。幻十郎は返事をためらった。お須磨の方はともかく、問題は次席家老の石母田采女である。石母田を仕留めるためには、はるばる備中（岡山県）まで足を運ばなければならない。首魁《しゅかい》の戸田主膳を殺れば「三の丸派」は瓦解《がかい》する。それで十分ではないか。そう反論しようとした矢先に孫兵衛に先手を打たれた。

「その五人の命、ひとり六両で買おう。〆て三十両じゃ」

幻十郎は返事を渋った。

「どうした？　三十両では不服だと申すのか」

「金額に不満はありませんがね。ただ……」

「ただ、何じゃ？」

「石母田采女は備中岩津の国家老です。この男だけはすぐにというわけに……」

「まとめてやれとはいっておらん。まずは江戸在府の四人をやってくれ。石母田はそのあとでよい」

「考えておきましょう」

「殿にはそのようにご報告しておく」

「あれですよ、孫兵衛どの」

「ん？」

幻十郎が指さした方向に、梅の老木が立っている。

「うぐいすの巣に時鳥が……」

「鳥はどうでもよい。それより死神、今度の仕事は五人だ。しかと心得ておけよ」

「念にはおよびませんよ」

にべもなくいって踵《きびす》を返すと、

「死神」

孫兵衛が呼び止めた。

「まだ何か？」

「しばらく見ぬうちにまた一段といい女になったのう」

「おんな？」

「志乃という女のことよ」

孫兵衛がにやりと笑った。

「だが、女は魔物じゃ。惚《ほ》れてはならんぞ。惚れては……」

といいつつ、飄然《ひょうぜん》と立ち去っていった。

3

『風月庵』に戻ると、玄関から出てきた志乃とばったり顔を合わせた。

「出かけるのか」

「佐久間町の店に戻ります」

「何も急ぐことはあるまい。もうしばらく様子を見たらどうだ？」

「いつまでも留守にしておくわけにはいきませんから」

「では、途中まで送って行こう」

ふたりは肩を並べて歩き出した。

「市田さまの話って『仕事』のことでしょ？」

「ああ」

「決まったんですか」

「ひとり六両、〆て三十両の大仕事だ」

「旦那」

ふと志乃が足をとめて、

「お須磨の方は私に殺らせて下さい」

「…………」

幻十郎は黙っていた。志乃の気持ちは痛いほどわかっている。

「お市の方さまの恨みを、この手で晴らしてやりたいんです」

「情が移ったか」

「そりゃ五日も一緒に暮らしていたんですもの」

「…………」

「話はお市の方さまから聞きましたよ」

お須磨の方と戸田主膳の関係、そして、そのふたりが義保を世継ぎにすえて藩政を壟断《ろうだん》しようと画策していたことなど、すべてお市の方から聞いて知っていた。

「でも、お市の方さまには何の野心も欲得もなかった。ただ……」

ひとりの母親として息子・小太郎との平穏な暮らしだけを望んでいたのである。できれば国元に帰って、母子ふたりだけでひっそりと暮らしたい。そんなささやかな夢を語っていたお市の方のたおやかな笑顔が、こうして話している間も脳裏に去来する。

「同じ女として許せないんです。お須磨の方が……」

「仕事に情をからめるのは危険だぜ」

「殺《や》るときは情を棄てます。心も棄てます」

「変わったな。お前も」

幻十郎がほろ苦く笑った。

はじめて幻十郎がこの「仕事」に手を染めたとき、志乃は眉をひそめて「嫌な仕事ですね」とぽつりとつぶやいた。

どんな大義名分があろうと、人殺しは人殺しである。ましてやそれを生業《なりわい》にするなど、人間として許されるべきことではない。志乃がつぶやいた一言にはそういう意味がこめられていた。まっとうな人間なら誰しもそう思うであろう。

だが、そのときの志乃といまの志乃とは、明らかに別人だった。すでに人も殺しているし、地獄も見ている。幻十郎に操《みさお》を立てるために、みずから望んで修羅の道に足を踏み入れたときから、志乃はまっとうな人間の心を棄てたのである。

「旦那と同じように、いまの私は〝死びと〟も同然。人を殺すときは鬼になりますよ」

そういって志乃はぞっとするような笑みを泛かべた。

「分かった。お須磨の方はお前に任せよう」

「旦那は？」

「備中屋の下見に行ってくる」

「仕事の段取りがついたら、またうかがいますよ」

ひらりと裳裾《もすそ》をひるがえして、志乃は足早に去っていった。

京橋丸太新道の問屋街は、あいかわらずの賑《にぎ》わいである。

産物問屋『備中屋』の店先には、俵荷を積んだ大八車がずらりと並び、威勢のいい荷駄人足たちが大声をかけ合いながら、ひっきりなしに荷物の積み下ろしをしている。ここ数日、晴天がつづいたせいか、乾いた地面から土ぼこりがもうもうと舞い上がり、あたり一面春霞《はるがすみ》がかかったように視界がぼやけている。

『備中屋』の奥から、上等な茶の紬《つむぎ》を着た中年男が出てきた。あるじの儀兵衛である。

「行ってらっしゃいまし」

番頭や手代たちに見送られて店を出た儀兵衛は、表通りの雑踏を避けて路地から路地に歩をすすめていった。そのあと見え隠れに尾けてくる人影があった。幻十郎である。

細い路地を右に左に曲がりくねってしばらく行くと、掘割に突き当たった。三十間堀という。その名の通り堀の幅が三十間（約五十五メートル）もある大運河で、対岸（南岸）には諸大名の蔵屋敷が立ち並び、それぞれの船印や旗幟《きし》をかかげた大小の御用船が舳先《へさき》をつらねてもやっていた。

三十間堀にかかる紀伊国橋から一丁ほど南に下がったところに町屋があった。その一角の瀟洒《しょうしゃ》な一軒家の前で儀兵衛は足を止め、素早く四辺に目をくばると小走りに網代門《あじろもん》をくぐっていった。家の周囲には満天星《どうだん》の生け垣がめぐらされ、小さな庭もある。どうやら『備中屋』の別宅らしい。

儀兵衛がその家に入って行くのを見届けると、幻十郎は踵をめぐらせて裏にまわった。枝折戸を押して裏庭に入り、足音を消して居間のほうに向かう。雨戸が閉まっている。そっと体を寄せて雨戸の節穴に耳をあてて、中の様子を探る。

ぼそぼそ男の低い声が聞こえた。何を話しているのかよく聞き取れないが、儀兵衛のほかに二、三人の男がいるようだ。部屋の西側に障子窓がある。そこへ移動しようとしたとき、目のすみにちらりとよぎる黒影があった。反射的に刀の柄に手をかけて、影の動きを目で追った。黒猫が植え込みの陰に走り込んで行くのが見えた。

（猫か……）

ほっと安堵《あんど》して刀の柄から手を離した瞬間、がつんと音がして、後頭部に激烈な痛みが奔った。一瞬、何が起きたのか分からなかった。背後に人の気配を感じたような気がしたが、振り向く間もなく、幻十郎は気を失っていた。


どれほどの時がたっただろうか。

後頭部にしびれるような疼《うず》きを感じて、幻十郎は意識を取り戻した。だが、視界はまったくの闇である。目を開いたが何も見えない。周囲でざわざわと物音がしている。すぐ近くで男の話し声が聞こえた。

（誰かいるのか？）

立ち上がろうとしたとたん、脳天に激痛が奔った。頭に傷を受けたらしい。痛みをこらえて膝を立てようとしたが、体の自由がきかない。必死に身もがくうちに、視界がしだいに明るんできた。目の前に四つの人影が浮かんでいる。やがてその影がはっきりと輪郭を描きはじめた。四人の浪人が薄笑いを泛かべてのぞき込んでいる。いずれも垢《あか》臭い凶暴な面がまえの男たちだ。そのひとりがにじり寄ってきた。

「おう、気がついたか」

脂《やに》臭い息が顔に吹きかかった。そのときはじめて、荒縄で柱にくくりつけられていることに気づいた。煙管《きせる》を手にした髭面《ひげづら》の浪人が幻十郎の顔にふっと煙を吐きつけて、

「貴様、『二の丸派』の狗《いぬ》か？」

「何のことだ」

「とぼけるな」

がつん、と幻十郎の顔に鉄拳が飛んだ。顔面がゆがむほどの強烈な一撃だった。唇が切れて血がしたたり落ちた。つづけざまにもう一発、今度は左頬に鉄拳がのめり込んだ。さらに殴りかかろうとするのへ、

「高槻《たかつき》さん」

と制したのは、儀兵衛だった。

「痛め吟味《ぎんみ》も結構ですが、殺してしまっては元も子もありません。ほどほどに願いますよ。ほどほどに……」

「案ずるな。これしきのことで死ぬような玉ではなさそうだ」

（そうか）

　儀兵衛の顔を見た瞬間、幻十郎の記憶が戻った。

（ここは『備中屋』の別宅か……）

　四人の浪人は儀兵衛が雇った殺し屋であろう。お栄夫婦や治兵衛夫婦、弥平を殺したのもこの連中に違いない。それを裏付けるように、高槻と呼ばれた髭面が、いきなり幻十郎の胸ぐらをつかんで憎々しげにいった。

「先日、わしらの仲間がふたり、竹河岸で斬り殺された。あれは貴様の仕業ではないのか」

　幻十郎は無言で首を振った。

「わしらの手先をつとめていた仙次も長泉寺の裏の雑木林で斬られて死んだ。あれも貴様の仕業であろう」

「知らぬ」

「しぶとい男だな」

　と、いいつつ、高槻は持っていた煙管の雁首《がんくび》を幻十郎の膝の上に突き出し、ぽとりと火玉を落とした。裁着袴《たっつけばかま》が焦げて白い煙が立ちのぼり、じりっと太腿《ふともも》の皮膚が焼けた。身をよじって火を払い落とそうとするが、膝を押さえられているので身動きがとれない。裁着袴の焼け焦げがじりじりと広がってゆく。幻十郎の額にじわりと脂汗が浮いた。熱いというより、刃物を突き刺されたような激痛が下肢に奔る。

「熱いか」

高槻の顔に嗜虐的な笑みが泛かんだ。幻十郎は歯を食いしばって耐えている。袴の焦げ目から真っ赤に火ぶくれした肉が露出している。

「おれが手当てしてやろう」

小肥りの浪人が七味唐辛子を持ってきて、幻十郎の膝の上にそれを振りかけ、焼けただれた皮膚にすり込んだ。さすがの幻十郎も痛みに耐えられず、思わずうめき声を発した。

「どうだ？　吐く気になったか」

のぞき込んだ高槻の顔に、幻十郎はいきなり唾《つば》を飛ばした。

「貴様ッ！」

激昂《げっこう》した高槻が刀の柄頭で力まかせに幻十郎の鳩尾《みぞおち》を突いた。ごほっ、と血へどを吐いてのけぞり、そのまま幻十郎の体はぴくりとも動かなくなった。儀兵衛が仰天して、

「ま、まさか死んだんじゃ……」

「気絶しただけだ。まだ息はある」

「これ以上責め立てても吐きそうもありません。生かしたまま、岩津藩のお目付衆に引き渡しましょう」

「この男のほかにも『二の丸派』に雇われた浪人者がいるやもしれん。それを吐かせるまでは引き渡すわけにはいかん」

「吐きますかね。この男」

「おれが必ず吐かせてみせる」

「くどいようですが、殺してしまっては元も子もありませんからね」

「分かっておる」

「明日の夜、手前どもの根岸の寮に戸田さまと物部さまをお招きして酒宴を催すことになっております。国元の次席家老・石母田さまもご臨席になられるとか」

「早々と前祝いというわけか」

高槻が皮肉に笑った。

「それまでにこの男から何か聞き出せれば、御家老へのまたとない手みやげになります」

「たやすい御用だ」

「では、ひとつよしなに」

と腰を上げると、

「備中屋、その手みやげは別勘定になるぞ」

「別勘定？」

「首尾よくこの男の口を割らせたら、月々の手当てのほかにひとり二両の手間賃を払ってもらう」

「二両、でございますか」

儀兵衛が渋面を作ると、

「それでおぬしの顔が立つのだ。高い買い物ではあるまい」

「それはもう……。分かりました。では明日の夕刻」

一礼して、儀兵衛は出ていった。それを見送ると、浪人のひとりが勝手から一升徳利と茶碗《ちゃわん》を運んできて、高槻の前にどかりと腰をすえ、

「高槻さん、わしらも前祝いをやろう」

と茶碗に酒をついだ。四人は車座になってむさぼるように酒をあおった。この四人にかぎらず、主家を失い、職にあぶれた浪人者にとって、酒は唯一の生きるよすがだった。明日への希望も未来への夢もなく、ただ酒を飲むために金を稼ぐ。金を稼ぐためには平気で人殺しもやる。文政期の繁栄と爛熟《らんじゅく》がもたらした最大の弊害は、そう

した失業浪人が引き起こす凶悪犯罪だった。

「おい」

小肥りの浪人が気がかりな目で、柱に縛られている幻十郎を見やった。

「ぴくりとも動かんぞ。まさか死んだのではあるまいな」

「おれが見てくる」

別のひとりが立ち上がろうとすると、

「生きてるさ」

応えたのは幻十郎だった。

「き、貴様、気がついていたのか」

「話は聞かせてもらったぜ。おれの口を割らせてたった二両とはけちな話だな」

「なにッ」

小肥りが気色ばんだ。

「おれなら十両は吹っかける」

「だ、黙れッ！」

いきなり持っていた茶碗を投げつけた。幻十郎がひょいと頭を下げてかわすと、飛んできた茶碗は柱に当たって粉々に砕け散った。それを見て小肥りはますます逆上し、

「貴様、まだ懲りぬと見えるな」

刀の柄に手をかけると、

「待て」

と、高槻がその手を抑えて、ゆっくり幻十郎のもとに歩み寄り、

「大きな口を叩きおったが、貴様、『二の丸派』にいくらで雇われた?」

「五十両だ。そのほかに歩合も入る」

「歩合だと?」

「敵をひとり斬るごとに五両。おれはすでに貴様たちの仲間をふたり斬ったからな。〆て六十両の金がふところに入った。五、六年は遊んで暮らせる」

「本当か、その話は?」

高槻が疑わしげな目で訊く。

「『二の丸派』はたっぷり金を持っている。いまからでも遅くはない。おぬしたちも鞍替《くらが》えする気はないか」

「金で転べ、というわけか」

「おれもおぬしたちも雇われ浪人だ。金以外に何がある?」

「貴様の雇いぬしは誰なんだ?」

「国家老・松倉善太夫の腹心だ。それ以上くわしいことは話せぬが、おぬしたちにその気があるなら引き合わせてやってもいい」

「……………」

　高槻の目が泳いだ。痩身《そうしん》の浪人が茶碗酒を片手ににじり寄り、

「高槻さん、その話が本当だとすれば、悪い話ではあるまい。一度こやつの雇いぬしに会ってみたらどうだろう」

「まだ信用できんな」

「この期におよんで嘘《うそ》をつくとは思えんが……」

「米田、おぬしはどう思う？」

　小肥りの浪人に向き直った。

「実をいうと、わしも『備中屋』の処遇には不満をいだいていた。月々の手当てが一両ではいかにも安すぎる」

「たしかに」

　と、口をはさんだのは、四人の中で一番年長と思われる四十がらみの浪人だった。

「そやつのいうとおり、わしらの目的は金しかない。たとえ一両でも、いや一分でも高い金を払ってくれれば、それに越したことはあるまい」

　それからの四人の話題は、もっぱら『備中屋』の待遇に終始した。敵対する「二の丸派」が幻十郎に五十両もの大金を払っていると聞いて、にわかに不平不満が噴出したのである。しょせん、この連中は金で雇われた野良犬である。目の前にうまい餌《えさ》を

ぶら下げられたら、そっちに尻尾《しっぽ》を振っていくに違いない。彼らには武士の矜持《きょうじ》も志操もない。金がすべてなのだ。

四人が口に泡を飛ばしていい争っているさまを横目で見ながら、幻十郎は縛られた手を必死に伸ばして、床に散らばった茶碗のかけらをつまみ上げた。かみそりのように鋭利な破片である。それを指にはさんで手首に巻きつけられた荒縄をこする。

やがて手首の荒縄がぷつりと切れた。自由になった右手で腰に巻きついた縄を切りながら、もう一方の手を伸ばしてそっと朱鞘の大刀を引き寄せた。そのとき、高槻がふっとこっちを振り向いた。まずいことに目と目が合った。

「何をしておる!」

がばっと立ち上がった瞬間、幻十郎は片膝をついて抜きつけの一刀を高槻の首に放っていた。わっと高槻がのけぞる。悲鳴を聞いて、ほかの三人も立ち上がり、あわてて刀を取った。まっ先に抜刀したのは小肥りの浪人だった。体に似合わず敏捷《びんしょう》な動きである。

幻十郎は火傷《やけど》を負った右太股をかばって左足を踏み込み、横薙ぎの一閃《いっせん》を放った。小肥りの浪人の太鼓腹が西瓜《すいか》のようにざっくりと割れて、血しぶきと内臓が飛び散った。

すかさず剣尖《けんせん》を返して、右から斬り込んできた痩身の浪人を袈裟がけに斬り伏せると、くるっと体を反転させて左からの斬撃をかわし、真っ向唐竹割りに斬り下ろした。柄をにぎった手にがつんと衝撃が走る。額を割られた浪人は声もなく前のめりに倒れ伏した。

血の海と化した畳の上に四人の浪人の死体と肉片、千切れた内臓、空の徳利や割れた茶碗などが無残に散乱している。目をそむけたくなるような酸鼻な光景だ。

土間に下りて水瓶《みずがめ》の水をひしゃくで汲《く》んで喉に流し込み、刀の血脂を洗い落として鞘におさめると、幻十郎は何事もなかったように悠然と出ていった。

「旦那、どうなすったんで！」

うっそりと入ってきた幻十郎の姿を見て、歌次郎が思わず息を呑んだ。

顔面が紫色に腫れ上がり、裁着袴の右太股のあたりが焼け焦げて、その下から真っ赤に火ぶくれした肉がのぞいている。

「思わぬ不覚をとった」

苦笑を泛かべて板間に上がった。歌次郎が水桶《みずおけ》と塗り薬を持ってくる。

「ひでえ火傷だ。大丈夫ですかい」

「少し痛むが大したことはない。これでおあいこだな、歌次」

「へ？」

「この間はおめえが手ひどい目にあった。今度はおれの番てわけさ」

「けどいってえ誰が……」

「備中屋が雇った浪人だ。たっぷり痛めつけられたが、この借りはきっちり返してきたぜ」

いいながら袴を脱いで、焼けただれた右太股の血を濡《ぬ》れ手拭いでふきとり、塗り薬を塗って白木綿のさらしを巻いた。その間に歌次郎が茶を入れて、盆にのせて運んできた。

「で、何か分かったんで？」

「厄介な問題が一つ解決した。次席家老の石母田が江戸に出てくるらしい。これで備中くんだりまで足を運ばなくても、一気に五人を仕留めることができる」

「岩津藩の上屋敷に乗り込むんですかい」

「いや、明日の晩、儀兵衛が備中屋の根岸の寮に一席もうけるそうだ。その席に江戸家老の戸田主膳と浜松藩の江戸留守居役・物部勘解由や国元の石母田采女が顔をそろえるらしい。まさにおあつらえ向きの舞台だ」

「あとは側室のお須磨の方だけですね」

「そいつは志乃に任せた」

「お志乃さんに？」

「自分からいい出したことだからな。任せておけばいい」

そっけなくいった。だが、その言葉とは裏腹に幻十郎は内心不安だった。人を殺すときは鬼になると志乃はいったが、それが虚勢であることを誰よりも幻十郎が知っている。

お須磨の方にとどめを刺すとき、志乃の脳裏にちらりとでもお市の方と小太郎の面影がよぎれば、かならず心に隙《すき》ができる。それが危うい瀬戸際だ。無事を祈らずにはいられなかった。

4

その夜。

南本所番場町の路地を、紫縮緬《ちりめん》の袖頭巾《そでずきん》をかぶった女が足早に歩いていた。月影にちらりと見えたその顔は、志乃であった。

この日の朝、志乃は『風月庵』を出て、いったん『藤乃屋』に戻り、着替えをすませるとすぐに両国薬研堀の『四つ目屋』を訪ね、鬼八に仕事の段取りの相談を持ちかけた。話を聞いた鬼八は、二つ返事で引き受けてくれた。番場町の岩津藩中屋敷の様子は、洲走りの三次に聞けば手に取るように分かる。

「すぐ戻ってきやす」

といって出ていった鬼八は、その言葉どおり半刻（一時間）もかからぬうちに戻ってきて、

「手引きをしてくれる女が見つかりやしたよ」

得意気に小鼻をふくらませた。その女とは、お市の方に近侍していた奥女中の千歳である。千歳はお市の方と小太郎が殺されたことを知らなかった。突然ふたりが姿を消してしまったので、ひそかに国元へ帰ったのだろうと思っていた。ふたりが比留間たちに殺されたと三次から聞かされて、千歳は気絶せんばかりに驚いたという。

「で、千歳さんは引き受けてくれたんですね」

志乃が訊く。

「へえ。今夜四ツ（午後十時）に裏門で待ってるそうです」

その四ツの鐘が鳴りはじめていた。志乃は歩度を速めて番場町の路地を曲がった。前方の闇に東漸寺《とうぜんじ》の土塀が見える。その土塀の角を左に曲がってしばらく行くと、岩津藩の中屋敷の裏門に出る。歩きながら志乃は紫縮緬の袖頭巾を前に引いて、深々と面をおおった。千歳に顔を見られないための備えである。

妙に胸が高鳴っていた。心のどこかにいい知れぬ不安と恐怖がある。だが、それを超越するほどの怒りが、志乃を修羅の闇へと駆り立てていた。いつか国元に帰って母

子ふたりで平穏に暮らしたい。そんなささやかな夢を語っていたお市の方のたおやかな笑顔と、そのかたわらで無心に双六に興じていた小太郎の邪気のない姿が、闇の中に浮かんでは消える。

ちょうど四ツの鐘が鳴りやんだとき、志乃は中屋敷の裏門の前に立っていた。

じっと耳を澄ませていると、門の内側でかすかな足音がひびき、ほどなく軋《きし》み音を発して門扉が開いた。

「どうぞ」

と、門扉の間から志乃をうながしたのは千歳だった。灯りは持っていない。闇に塗り込められた屋敷内の小径を、千歳は慣れた足取りで歩いてゆく。侍長屋の路地をぬけると、突き当たりにひときわ大きな殿舎が黒々と立っていた。藩主の側室やその子供たち、奥女中たちが住む「中奥」である。

渡り廊下をわたって屋内に足を踏み入れる。どの部屋も明かりを消して、ひっそりと寝静まっている。掛け燭のまわりに小さな蛾《が》が群がっていた。その明かりを頼りに、千歳と志乃は足音を忍ばせて長廊下の奥へと歩をすすめた。

やがて……、
廊下の奥から淡い明かりが漏れているのがみえた。有明行燈《ありあけあんどん》（終夜燈）の灯りである。障子がほんのりと白く光っている。千歳がふと足を止めて振り返り、

（あの部屋です）

と目顔でしめした。

「あなたは自分の部屋に戻って下さい」

千歳の耳もとでささやくようにいうと、志乃は障子に手をかけてそっと引き開けた。

部屋の奥の豪華な夜具の中で、お須磨の方がかすかな寝息を立てて眠っている。枕もとに淡い明かりを灯した有明行燈がおいてある。志乃はうしろ手で障子を閉めると、足音を忍ばせてお須磨の方の臥所《ふしど》に歩み寄った。枕辺に音もなく片膝をつき、ふところから長さ五寸ほどの細い竹筒を取り出し、それを上下に引く。

中には竹筒と同じ長さの針が入っている。針先が青々と濡れているのは、猛毒の斑《はん》猫《みょう》が塗ってあるからである。これは殺しの痕跡《こんせき》を残さぬために、鬼八がこしらえてくれた「殺し針」だった。その針を指でつまんで、お須磨の方の顔の上に振りかざした。そのとき突然、廊下に足音がひびき、障子に手燭の光がよぎった。

志乃はとっさに殺し針を口にくわえ、ひらりと枕屏風《まくらびょうぶ》の陰に身をひそめた。

「お火の元にご用心……。お火の元にご用心……」

お火の番の女中たちの声である。その声でお須磨の方がふっと目を覚ました。

「お火の元にご用心」

声が近づいてくる。ほどなく、お火の番の女中たちの影が障子をよぎっていった。

その影を不快そうに見送り、お須磨の方が寝返りを打った。夜具の中でもそもそと身をくねらせる。寝苦しそうにもう一度寝返りを打ったとき、お須磨の方の目がふと一点に吸い寄せられた。

有明行燈のほの暗い明かりが、部屋の奥の壁に枕屏風の影を投じている。その影の形が異様だった。四角い影の一部に人の頭らしき丸みをおびた影が重なっている。

「誰じゃ」

夜具をはねのけてお須磨の方が起き上がるのと、枕屏風の陰から志乃が躍り出るのと、ほとんど同時だった。振り返ったお須磨の方の口を左手でふさぎ、くわえていた殺し針を右手に持って、お須磨の方の盆の窪《くぼ》に深々と打ち込んだ。

声も叫びもなかった。一瞬、お須磨の方は白目をむいて虚空を見すえ、そのままずるっと夜具の上に崩れ伏した。素早く針を抜いて、指先で盆の窪の針痕を押さえる。血は一滴も流れなかった。針を竹筒にしまい、お須磨の方の体を抱え起こして夜具の上に横たわらせる。

瞬時に斑猫の毒がまわったせいか、お須磨の方の顔に苦悶《くもん》の表情はなかった。まさに眠るがごとき安らかな死に顔である。その死に顔を見て志乃の胸に新たな怒りがわいてきた。お市の方と小太郎の悲惨な死を想うと、こんな楽な死に方はさせたくなかった。八つ裂きにしても飽き足らない女である。だが、殺しの痕跡を残さぬためには、こうするしか方法がなかった。

(地獄に堕ちるがいい)

心の中でそう吐き棄てると、志乃は音もなく部屋を出ていった。志乃が去ったあと、どこからともなく一羽の蛾があわあわと舞い込んできて、お須磨の方の顔に止まった。あたかも地獄から迎えにきた使者のように……。

第八章　修羅の剣

1

人影の絶えた神田川ぞいの暗い道を、志乃はうつろな表情で歩いていた。

なぜか妙に気持ちが昂《たかぶ》っている。自分では平静をよそおっているつもりなのだが、やはり人を殺してきた後ろめたさが心のすみにあるのだろう。胸が高鳴り、顔も火照《ほて》っている。袖頭巾《そでずきん》を脱いで火照った顔を夜風にさらした。

佐久間町二丁目の角を曲がったところで、志乃はふと足を止めて、前方の闇《やみ》に不審な目をすえた。ひっそりと寝静まった家並みの向こうに一軒だけほんのりと明かりをにじませている家があった。志乃の店『藤乃屋』である。家を出るときに、確かに部屋の灯りは消してきたはずなのだが……。

（誰かいる）

志乃の顔に緊張が奔った。足音を忍ばせて戸口に歩み寄り、そっと引き戸に手をかけた。

「志乃か」

奥から低い声がした。その声を聞いて志乃はほっと胸をなで下ろした。声のぬしは幻十郎である。戸を引き開けて店の中に入ると、奥の六畳間で幻十郎が猪口《ちょこ》をかたむけていた。膝元に置かれた一升徳利は自分で持ってきたものらしい。

「どうしたんですか？　こんな時分に」

「鬼八にちょっと用事があってな。『四つ目屋』に行った帰りに立ち寄らせてもらった。話は鬼八から聞いたぜ」

「心配してたんですか？」

「仕事の首尾を聞きたかっただけさ」

「仕留めてきましたよ」

ことなげにいって、幻十郎のかたわらに腰を下ろし、

「わたしにも一杯下さいな」

と猪口を差し出した。酒を注ぎながら幻十郎が、

「殺し針を使ったそうだな」

「本当ならあんな楽な死に方はさせたくなかったんですけど……。殺しの痕《あと》を残した

ら、このあとの旦那《だんな》の仕事がやりにくくなりますからね」

「楽に死んだか」

「まるで眠るように……」

といって、志乃は思わず瞠目《どうもく》した。幻十郎の顔の傷にはじめて気づいたのである。

「どうしたんですか？　その傷」

「ああ、これか。備中屋の雇われ浪人にやられた」

「ひどい傷。血が出てますよ」

「さっきまで止まっていたんだが」

「手当てをしなきゃ」

「血止めの薬を塗っておいた。そのうち止まるさ」

「ほっといたら膿《う》みますよ」

手拭《てぬぐ》いを持ってきて、唇の端ににじんだ血をぬぐい取る。幻十郎がその手をそっと押さえた。

「手が熱いな」

「火照ってるんですよ。気持ちが昂って……」

「酒を飲めば落ちつく」

「それより、旦那」

ふいにしなだれかかり、幻十郎の胸に顔を埋めた。

「抱いて」

幻十郎は黙って志乃の肩を抱き寄せ、両手で顔をつつみ込むようにして、口を吸った。

「ああ」

志乃が小さくあえぎながら幻十郎の胸に取りすがる。そのままふたりは折り重なるように横たわった。志乃のやわらかい舌が別の生き物のように幻十郎の舌にからみつく。

幻十郎の手がもどかしげに帯を解く。小袖がはらりとすべり落ちた。その下は目にしみるような緋色《ひいろ》の襦袢《じゅばん》である。

「抱いて……、もっと強く、抱いて」

幻十郎の首に両手を回して、志乃が身をくねらす。襦袢の裾《すそ》が割れて、白いつややかな太股《ふともも》があらわになる。しごきをほどき、襦袢を払いのけ、腰の物をはぐ。一糸まとわぬ全裸。幻十郎も脱いだ。手早く下帯をはずす。右太股の火傷の痕に巻き付けた白いさらしが痛々しい。それに気づいて志乃が体を起こした。

「この傷は？」

「火傷だ。煙管の火を落とされた」

「ひどいことを……。まだ痛みますか」

「少しな」

「無理をしないで」

と、いいつつ幻十郎の股間《こかん》に手を差し入れて、

「痛みを忘れさせてあげますよ」

しなやかな指使いで、下からやんわりとふぐりを揉《も》み上げる。なすがままに幻十郎は仰臥《ぎょうが》した。一物がしだいに硬直してくる。しびれるような快感が火傷の痛みを忘れさせてくれた。志乃が前かがみになって屹立《きつりつ》した一物を口にふくんだ。

幻十郎の体がぴくんと反応した。志乃の舌先が尖端《せんたん》を愛撫《あいぶ》する。そして、ゆっくり口の中に入れる。根元まで入った。それを包み込むように口をすぼめて出し入れする。

「うっ、うう……」

幻十郎が低くうめく。峻烈《しゅんれつ》な快感が体の芯をつらぬいた。志乃の口の中で一物は極限に達している。放出寸前だった。あわてて上体を起こし、それを引き抜いた。

「あ、まだ……」

といって、志乃が一物の根元を絞り込むようににぎった。

「果てるときは一緒だ」

やおら志乃の裸身を抱きすくめ、尻を抱えて膝の上に乗せた。両手を幻十郎の首に

からめて志乃は弓なりにのけぞる。幻十郎の眼前でゆたかな乳房がたわわに揺れた。薄桃色の乳首がつんと立っている。それを吸った。

「あーっ」

と小さな悲鳴を発して志乃が腰を浮かせる。乳首を吸いながら股間に手を入れる。ほどよくうるんでいる。一物の尖端をはざまにあてがい、下から撫《な》であげる。志乃が腰を左右に振って、それを秘孔に導く。ゆっくり挿入する。尖端が肉ひだを押し分けて深々と埋没した。

志乃が激しく腰を振る。乳房がゆさゆさと揺れる。志乃を膝に乗せたまま幻十郎は微動だにしない。志乃の動きに任せている。秘所が熱い。肉ひだがひくひくと収縮する。昇りつめているようだ。志乃は陶然と目を閉じて忘我の境をさまよっている。

人を殺したあとは名状しがたい嫌忌感や虚脱感に襲われる。それは幻十郎も志乃も同じことだった。何もかも忘れたい。心を空白にして現実から逃れたい。幻十郎はそのために酒を飲む。それと同じように、志乃は一時の快楽に我を忘れようとしているのである。

余談だが……。

英語で暗殺者を「アッサンシー」という。これはアラビア語の「ハシーシェ」が語源で、中世イスラム教の暗殺集団ニザリ教団に由来している。

「ハシーシェ」とは、大麻のことである。ニザリ教団の暗殺者たちが死を恐れずに暗殺を遂行できたのは、「山の長老」と呼ばれる支配者から「ハシーシェ（大麻）」を与えられたからだという。死を乗り越えたところに、この世のものとは思えぬ楽園がある。彼らはそう信じていた。その楽園とは大麻による幻覚世界にほかならない。すなわち、彼らを死の恐怖から解放させたのは、麻薬による快楽だったのである。

楽園――まさにいま、志乃はそれを求めていた。体の中を吹きすさぶ快楽の嵐。髪をふり乱し、身も世もなく狂悶《きょうもん》しながら、志乃は官能の楽園をさまよっている。

幻十郎も昇りつめていた。だが、必死にこらえた。志乃を先にいかせてやりたい。何もかも忘れさせてやりたい。おのれの欲情を抑えながら、下から激しく突き上げた。

「あ、だめ……、だめ……」

絶え入るような声を上げて、志乃は快楽の極致に昇りつめた。幻十郎の腰に巻きつけた下肢が激しく痙攣《けいれん》している。

「中で……、中で出して」

と叫びながら志乃は極点に達した。同時に幻十郎も果てた。志乃の中で熱いものが炸裂《さくれつ》した。ふたりは抱き合ったまま、畳の上に横臥した。水をかぶったように全身が汗で濡《ぬ》れている。息が荒い。結合したまま口を吸い合った。

「旦那……」

情事の余韻にひたりながら、志乃が薄っすらと目を開き、

「死なないで……。私を残して、先に死なないで……」

幻十郎の耳もとでささやくようにいった。

2

翌日の夕刻――。

『備中屋』儀兵衛は奉公人たちに見送られて店を出ると、まっすぐ三十間堀の別宅に向かった。四人の浪人たちから首尾を聞くためである。明日までには必ず浪人（幻十郎）の口を割らせてみせる、と高槻は豪語した。「二の丸派」の残党を壊滅させるような情報が引き出せれば、今夜の祝宴に文字どおり錦上《きんじょう》花を添えることができる。

歩きながら、儀兵衛はおのれの過去を振り返っていた。

上州安中《あんなか》の在の百姓の三男として生まれた儀兵衛は、十三のときに江戸の『備中屋』に丁稚《でっち》奉公に出され、以来三十余年間、朝から晩まで牛馬のように働きつづけた。

丁稚から手代になるまで十五年、さらに手代から三番番頭に取り立てられるまで十六年もかかった。気がつくとすでに四十半ば、出世の道はそこでぷつりと途切れていた。

儀兵衛の上には二番番頭の弥平がいたし、その上にはさらに大番頭の治兵衛がいた。しかも、このふたりは主人・宗右衛門の遠縁にあたる男たちで、世襲的にその職をついでいた。つまり、叩《たた》きあげの儀兵衛がどう頑張っても、そのふたりを越えることはできないのである。

そう悟ったとき、儀兵衛の人生は狂った。

自暴自棄

酒と女と博奕《ばくち》に明け暮れる日々。

お定まりの転落人生である。そんな儀兵衛の前に忽然《こつぜん》と現れたのが、岩津藩横目頭の比留間伝八郎だった。驚いたことに、比留間は日頃の儀兵衛の行状を克明に調べ上げ、

「わしらの企てに手を貸してくれたら、お前を『備中屋』のあるじに推挽《すいばん》してやる」

といった。儀兵衛にとっては夢のような話である。

「ま、まことでございますか」

「嘘《うそ》はいわぬ」

「で、その企てとは……？」

「『備中屋』の帳簿を改ざんして、三千両の裏金を作ってもらいたい」

それが比留間の依頼だった。儀兵衛はためらいもなくその話に乗った。

あるじの宗右衛門や大番頭の治兵衛の目を盗んでひそかに帳簿の数字を改ざんし、世中に金蔵にしのび込んで百両、二百両と金を持ち出しては、比留間のもとに運んだ。そうやって持ち出した金の総額は一か月でおよそ三千両。その金のほとんどが江戸家老・戸田主膳の手をへて若年寄・田沼意正に流れた。藩主・内藤但馬守の幕閣入りを図るためである。

『備中屋』は、岩津藩専売の三白（繰綿・和紙・蠟《ろう》）を商う、いわば藩直営の産物問屋であり、半年に一度、江戸藩邸の勘定吟味方によって会計監査が行われる。三千両の不明金が発覚するのは、時間の問題だった。そこで比留間は、勘定方の役人を抱き込み、あるじの宗右衛門に藩金横領の濡れ衣を着せて処罰したのである。

その事件に連座して、宗右衛門の女房・おつなと娘のお涼は『備中屋』を追われ、大番頭の治兵衛、二番番頭の弥平、女中頭のお栄、手代の長次の四人は解雇処分となった。宗右衛門の子飼いの奉公人が一掃されたのである。

「ご家老の思し召しにより、約束通りお前を『備中屋』のあるじに取り立ててやる」

比留間からの通達を、儀兵衛は夢心地で聞いていた。

「だが、これでお前の役割が終わったわけではない。家中にはまだ騒動の火種がくすぶっている。その火種を消すために、引きつづきお前の手を借りたいのだ」

比留間がいう〝火種〟とは、国元から続々と送り込まれる「二の丸派」の密使たちであり、それを陰ながら支援する元『備中屋』の奉公人たちのことである。

儀兵衛に与えられた役割は、彼らの居所を探しあて、ひそかに始末することだった。そのために地回りの仙次を探索役として雇い、市中のごろつき浪人をかき集めて、三十間堀の別宅に住まわせたのである。

数日前に、比留間伝八郎から朗報が届いた。国元の筆頭家老・松倉善太夫が自死し、藩主寵愛《ちょうあい》の側室・お市の方とその子・小太郎も横死したとの知らせだった。これによって内藤五万石のお家騒動はおおむね終息したという。

今夜、根岸の寮で開かれる酒宴は、

「内々で祝宴を催したいのだが……」

との比留間の要請に応じて、儀兵衛が一席もうけたのである。出席者は江戸家老の戸田主膳と浜松藩江戸留守居役の物部勘解由、そして国元の次席家老・石母田釆女の三人。

すでに根岸の寮へは、深川一といわれる料理茶屋『波之屋』から豪華な酒肴《しゅこう》も届いている。芸者の手配もすませたし、三人への礼金も用意した。これであの謎の浪人（幻十郎）から有力情報が得られれば、面目躍如たるものがある。

内心ほくそ笑みながら、儀兵衛は三十間堀の別宅の網代門をくぐった。

玄関の引き戸を開けた瞬間、儀兵衛は思わず顔をゆがめた。中から異様な臭気がただよってくる。吐き気をもよおすほどの強烈な異臭だった。着物の袖で鼻を押さえながら、廊下に上がり、襖《ふすま》を引き開けて部屋に入った。別に異常はない。さらに奥の部屋の襖を引いたとたん、

「あっ」

と息を呑んで立ちすくんだ。畳一面が血の海である。血だまりの中に無惨に斬《き》り殺された四人の浪人の死体が転がっている。腹を切り裂かれている者、頭蓋《ずがい》を砕かれている者、肩から胸にかけて袈裟《けさ》がけに斬られている者……。昨夜の暑さのせいか、飛び散った内臓や肉片はすでに腐敗しており、死体の傷口には無数のうじ虫がたかっている。これが異臭の正体だった。

「な、何ということだ！」

思わず目をそむけて部屋を飛び出そうとした儀兵衛の前に、ぬっと人影が立った。

「お、お前さんは……！」

幻十郎だった。昨日の拷問の痕が生々しく顔に残っている。ぎらぎらと眼光をたぎらせて部屋の中に足を踏み入れ、じりっと迫った。

「人は死んだら土に還る。この浪人どももいずれ土になるだろう。だが……」

「貴様は生きながら腐れ果てた男だ。土には還らねえ。刀の錆《さび》になるだけだ」

「お、お待ち下さい！」

怯《おび》えるように数歩下がって、

「お願いでございます。い、命だけはお助け下さい。お助け下されば五十両、いや、百両、差し上げます」

「………」

無言のまま刀を抜いた。儀兵衛はさらに数歩あとずさって、

「に、二百両！」

「金はいらねえ」

「で、では、何がお望みでございますか」

「まずは、貴様に濡れ衣を着せられて刑死した宗右衛門の供養……」

かしゃっ、と刀刃を倒していきなり横に薙《な》いだ。ぎゃっ、と悲鳴を上げて儀兵衛が片膝をついた。右太股がざっくり切り裂かれて、白い骨がのぞいている。

「次は宗右衛門の娘・お涼の恨み」

といいつつ、振り上げた刀を叩き下ろした。ガツンと刀刃が儀兵衛の右肩に食い込む。そのまま一尺ばかり斬り下げる。肩の付け根から右腕が切り落とされた。

「わッ」

とのけぞり、血を噴きながら儀兵衛は床に転がった。

「最後に……」

刀の柄を逆手に持ち替えた。

「女中頭のお栄、大番頭の治兵衛、二番番頭の弥平、そして手代の長次。四人の恨み、まとめて晴らしてやる」

「お、お願いでございます！」

血の海をのた打ちまわりながら、儀兵衛が必死に懇願する。

「何とぞ、何とぞ、命だけは……」

声がぷつりと切れた。おびただしい血を噴出させて、胴体を離れた儀兵衛の首が手《て》鞠《まり》のように舞い上がり、天井にぶつかってどすんと畳に落下した。

蘇芳《すおう》びたしの部屋に、腐りかけた四人の浪人の死体と両断された儀兵衛の首や胴体が、折り重なるように転がっている。さながら地獄絵のような凄惨《せいさん》な光景だ。

刀の血ぶりをして納刀すると、足元に転がっている儀兵衛の首に唾《つば》を吐きかけ、幻十郎は大股《おおまた》に部屋を出ていった。

3

京橋から根岸の『備中屋』の寮までは、かなりの距離がある。

幻十郎はいったん『風月庵』に戻り、歌次郎に頼んで稲荷堀から猪牙舟《ちょきぶね》を出させた。日はとっぷり暮れている。幻十郎をのせた舟は日本橋川を下って湊橋《みなとばし》をくぐり、豊海橋《とよみばし》を経由して大川に出た。大川の両岸には、星屑《ほしくず》をちりばめたように無数の灯影がきらめいている。東岸は本所・深川、西岸は両国広小路の町灯りである。

両国橋をくぐってすぐ左に進路をとり、神田川を遡行《そこう》する。柳橋、浅草御門橋、新《あたら》シ橋をへて、和泉橋の手前で舟を右岸に着けさせ、歌次郎をうながして岸に上がった。

和泉橋の北詰から、ほぼ一直線に北にのびる道がある。通称「和泉橋通り」。御徒《おかち》町《まち》を通って上野寛永寺の山下に出る道である。

根岸は上野台の東北一帯の地名で、台地の崖下《がけした》の地であることから「根の岸」という意味でつけられたという。往古、このあたりは江戸湾の海岸線で、沼地が多くあったところから「沼地の岸辺」に由来するという説もある。

『江戸名所図会』に、

「呉竹《くれたけ》の根岸の里は上野の山陰にして、幽趣あるが故にや都下の遊人多くはここに隠《いん》棲《せい》す。花に啼《な》くうぐいす、水にすむ蛙もともにこの地に産するもの其声ひとふしありて、世に賞愛せられはべり」

と記されているように、上野山を背景にして四季の雅趣に富んだ閑静な田園地帯として知られ、著名な文人墨客、豪商などがきそって別邸を構えて住んでいた。

寺町の路地を抜けると、宵闇の向こうに小高い丘が見えた。里俗に「時雨《しぐれ》の岡」と呼ばれる丘である。その丘のふもとにさしかかったところで、先を行く幻十郎が足を止めて振り返った。

「歌次、すまねえが一っ走り様子を見てきてもらえねえか」

「合点」

と翻身するや、歌次郎は韋駄天《いだてん》走りに闇の奥に走り去った。

『備中屋』の寮は、「時雨の岡」から西へ六丁（約六百メートル）ほど行った音無川《おとなしがわ》のほとりにあった。建仁寺垣《けんにんじがき》をめぐらせた広大な敷地には松や桜、梅などの樹木や、泉水、奇岩巨石を配した庭があり、その奥に贅《ぜい》をこらした数寄屋造りの寮があった。

その寮の庭に面した一室で、ひと足先に来着した江戸家老の戸田主膳と国元の次席家老・石母田釆女が、三の膳付きの豪華な料理に舌鼓を打ちながら酒を酌みかわしていた。

「何はともあれ、首尾よく事が運んで祝着至極。主膳どののご尽力に改めて御礼を申し上げる」

追従《ついしょう》笑いを泛《う》かべて、石母田が主膳の盃に酒をつぐ。歳は四十二、三。見るからに田舎侍といった感じの脂ぎった赤ら顔の男である。一方の主膳は、なぜか泛かぬ顔

で盃をかたむけている。それを見て石母田がいぶかしげに、

「まだ何か面倒なことでも？」

「悪い知らせがござる」

「と申されると？」

「昨夜、お須磨の方さまが身まかれた」

「ええっ」

石母田が目をむいた。

「中屋敷詰めの侍医の話によると、死因は心の臓の発作らしい」

「それはまた急な……」

「大望成就を目前にして急逝されるとは、お須磨の方さまもよくよく運のないお方じゃ」

「お気の毒に……。主膳どののご心中、お察し申し上げまする」

石母田は主膳とお須磨の方の関係を知っていた。

岩津藩の内紛は、もとをただせば、わが子を世継ぎにしたいと願うお須磨の方と、お須磨の方の肉体に惑溺《わくでき》した主膳が手を組んで策動したものであり、石母田はそれに便乗して筆頭家老の松倉善太夫の失脚を図り、後継の座をねらったのである。お須磨の方とは直接の関わりがないだけに、その死に対しては何の感情もわかなかった。

だが、主膳の胸中には急死したお須磨の方への未練と哀惜の想いがある。それが顔に表れていた。慰める言葉もなく無言で盃をかたむけていると、

「いずれにせよ」

主膳が気を取り直すように語をついだ。

「お市の方と小太郎亡きあと、内藤五万石の家督をつぐ者は義保君をおいてほかにはおらぬ。あとは殿が身まかれるのを待つだけじゃ」

「御意にござる」

「お須磨の方も草葉の陰でさぞ喜んでおろう」

「義保君を世継ぎにするのが、お須磨の方さまの悲願でしたからな」

「ふむ」

「それにしても……」

と石母田が気がかりな目で、

「儀兵衛や物部さま、遅うございますな」

「なに、わしらが早すぎたのじゃ。ゆるゆる待つといたそう」

——そんなふたりのやりとりを床下で聞いていた者がいた。歌次郎である。

「時雨《しぐれ》の岡」の頂上に、枝ぶりの見事な松の古木が立っている。幹の太さはおよそ一

丈（約三メートル）、高さ十丈余（約三十メートル）のこの松の古木を、土地の者は「御行《おぎょう》の松」と呼んでいた。むかし慈覚大師《じかくだいし》がここで水行をしたことにちなんで付けられた名だという。

御行の松のかたわらに湯殿山不動尊の小堂がある。堂の前には風雨にさらされてぼろぼろになった幟《のぼり》が立ち、誰が供えたものか、小さな灯明が細々と闇にゆらいでいる。あたりに人家はなく、不動尊の周辺は茫々たる草地である。

幻十郎は、その不動尊の前にたたずんで、歌次郎の帰りを待っていた。風もなく、湿気をふくんだ空気がどろんと淀《よど》んでいる。

四半刻（三十分）ほどたったとき、突然、堂の前の草むらがざわざわと波打ちはじめた。

「歌次か」

「へい」

と声がして、歌次郎が草むらをかきわけて駆け寄ってきた。

「どんな様子だ？」

「主膳と石母田が酒を飲んでおりやす」

「ふたりだけか」

「へえ。『備中屋』から差し向けられた奉公人たちは、酒の支度をすませて帰ったようで」

「物部勘解由は？」

「まだ到着しておりやせん」

「そうか。そいつは好都合だ。ここで待つとしよう」

腰の大刀を鞘《さや》ごと引き抜いて、幻十郎は御行の松の根方にどかりと腰をすえた。闇の彼方からときおり「キョッ、キョッ」と鳥の鳴き声が聞こえてくる。水鶏《くいな》の鳴き声である。この丘の西に上野の宮の御隠居屋敷——通称「御隠殿《ごいんでん》」がある。その屋敷の東北部に流れる石神井用水の水辺は、水鶏の生息地として知られていた。

待つことさらに四半刻。

不動尊堂の勾欄《こうらん》に腰をかけて闇に目をすえていた歌次郎がふいに立ち上がって、

「来やしたぜ」

と小声でいった。幻十郎は腰を上げて闇を透かし見た。西の闇に小さな明かりがゆらいでいる。しだいにそれが接近してくる。提灯の明かりだ。その明かりを先頭に六つの影がこっちに向かって静々と進んでくる。

提灯を下げているのは侍だった。そのうしろに駕籠《かご》を担いだ陸尺《ろくしゃく》がふたり、駕籠の両脇に屈強の侍がひとりずつ付き、最後尾にもうひとりが付いている。

「間違いねえ。物部の駕籠だ。歌次、おめえはここで待っててくれ」

いいおいて、幻十郎は大刀を腰にたばさみ、一気に「時雨の岡」を駆け降りていった。音無川のほとりの小径に出たとき、

「誰だ」

駕籠を先導してきた侍が、野太い声を発して足を止めた。その前に幻十郎がうっそりと立ちはだかった。駕籠を警護していたふたりの侍が刀の柄に手をかけて、すかさず先導の侍の横に立つ。

「浜松藩江戸留守居役・物部勘解由どのの駕籠だな」

「貴様は……?」

「死神幻十郎。冥土《めいど》から迎えにきたぜ」

「おのれ、狼藉者《ろうぜき》ッ」

先導の侍が叫んだ。それに呼応して三人の警護の侍が刀を抜き放ち、幻十郎に向かって猛然と突き進んできた。幻十郎も抜刀した。剣先をだらりと下げて右半身に構える。

小径の左手は音無川、右手は「時雨の岡」の急な斜面である。この地形は幻十郎にとって有利だった。敵に包囲される心配がないからである。しかも道幅が狭く、四人同時に斬り込むことはできない。ふたりが横に並んで立つのがやっとである。

4

しゃっ。

「ええいッ」

裂帛《れっぱく》の気合とともに、ふたりの侍が猛然と斬りかかってきた。

幻十郎の刀が一閃《いっせん》の光を放った。紫電の逆袈裟である。鮮血がほとばしった。一歩先に間境《まざかい》を越えてきた左方の侍の頸《くび》の血脈が裂かれ、声もなくのけぞった。宙を迸《はし》った幻十郎の刀は止まることなく、剣尖を斜《しゃ》に返すなり右方の侍の右手首を切り落としていた。

「ぎえッ」

奇声を発してよろめいたその侍は、ざぶんと水音を立てて音無川に転落した。間髪を容れず、後方のふたりが斬り込んでくる。

キーン！

ひとりの刀をはね上げ、横ざまに走りながら、もうひとりの胴を撫で斬りにする。

瞬間、何か白いものが闇に飛び散った。腹を裂かれた侍の内臓だった。残るひとりがあわてて体勢を立て直し、横殴りの一刀を放とうとしたとき、幻十郎は信じられぬ速さてその侍の背後に回り込み、首根から背中にかけて一直線に斬り下ろしていた。

侍の着物が左右にはらりと裂け落ちて、むき出しになった背中に赤い筋が奔った。肉の割れ目から白い背骨がのぞいている。その侍が倒れるのを待たず、幻十郎は駕籠に向かって走っていた。ふたりの陸尺は駕籠を置き去りにして、すでに姿を消していた。

「物部どのだな？」

駕籠の前に立ちはだかって声をかけると、駕籠の戸を引き開けて、初老の武士が蒼《そう》白《はく》な顔をのぞかせた。血刀を引っ下げて幽鬼のような形相で突っ立っている幻十郎を見て、

「わ、わしに何の恨みがあると申すのじゃ！」

「恨みがあるのはおれじゃねえ。貴様の手下どもに殺された岩津藩の密使たちの恨みだ」

「ま、待ってくれ。あれはわしの一存でやったことではない。若年寄・田沼意正さまからのご下命だ。主君の栄達のために断れなかった。わしの立場も察してくれ」

駕籠から下りるなり、土下座して頭を下げた。

「おれも松平楽翁さまからご下命を受けた」

「楽翁さま？」

「し、しかし、なぜ楽翁さまが？」

「貴様を殺《や》れとな」

「腐った人間が嫌いらしい」

「わしは主君のために働いた。腐ってはおらん。忠義の臣だ！」

「おれの知ったことか」

吐き捨てるなり、土下座する物部の背中に垂直に刀を突き立てた。切っ先が背中をつらぬいて地面に突き刺さった。一滴の血も出ない。刀の柄をにぎり直して一気に引き抜いた。とたんに音を立てて血が噴出した。跳びすさって血しぶきをよけながら、刀を鞘におさめた。前のめりに倒れ伏した物部の体はぴくりとも動かない。ほとんど即死だった。

「旦那……」

歌次郎が丘の斜面を駆け降りてきた。

「残りはふたりだ。おめえは先に舟に戻っててくれ」

「へい」

と背を返して走りさる歌次郎を見送り、幻十郎は音無川のほとりの径をゆっくり西に向かって歩き出した。

「それにしても遅うござるのう」

石母田が盃を口に運びながら、不安そうな目でちらりと主膳の顔を見やり、

「物部さまはともかく、接待役の儀兵衛が遅れるというのは解《げ》せぬ。もしや不測の事態でも出来《しゅったい》したのでは？」

「なに心配にはおよばぬ」

酔いが回ったのか、目のふちをほんのり染めて主膳がにやりと笑った。

「儀兵衛のやつ、今宵はとびきりの上玉をそろえると申しておった」

「酌女でござるか」

「深川の羽織芸者じゃ。おっつけ来るであろう」

と、そのとき、廊下に足音がひびいた。

「おう、噂《うわさ》をすれば……。きたようだぞ」

足音が襖の前で止まった。待ちかねたように主膳が声をかける。

「儀兵衛か」

「迎えに上がりました」

襖越しに低い、くぐもった声がした。

「迎え？」

思わず主膳と石母田は顔を見交わした。その瞬間、がらりと襖が引き開けられ、敷

居ぎわに黒い影が立った。

「な、何やつ！」

「冥土から迎えにきたぜ」

「曲者ッ」

石母田が刀架けの差料《さしりょう》をつかみ取り、鞘を払って横薙ぎの一刀を送った。幻十郎はすっと身を沈めて切っ先を躱《かわ》した。刃うなりを上げて切っ先が空を切り、石母田の体が大きくよろめいた。それを逆手斬りに薙ぎ上げる。一瞬、ふたりの体が交差した。石母田の腋《わき》の下に刃が食い込んでいる。それを渾身《こんしん》の力で押し込む。小枝を折るような音がして、あばら骨が切断され、心の臓が裂けた。腋《わき》の下から凄《すご》い勢いで血が噴き出す。噴出した血が着物のたもとに溜まり、みるみるふくらんでくる。その重さに耐えかねて、石母田は突んのめるように倒れ伏した。

幻十郎はすぐさま横に跳んだ。跳びながら左横から突いてきた主膳の刀を峰ではじき飛ばし、返す刀で主膳の右耳をそぎ落とした。

「わっ」

と叫んで転倒し、血まみれの耳を手で押さえながら、主膳がわめいた。

「ひ、ひと思いに殺してくれ！」

「そうはいかねえ。貴様には地獄の苦しみをたっぷり味わってもらう」

いい捨てるなり、一閃を放った。今度は主膳の左耳朶《じだ》が飛んだ。顔面を朱《あけ》に染めて主膳がのたうち回る。そのさまを冷やかに見下ろしながら、部屋のすみに転がってい る主膳の刀を拾い上げ、丸太を割るように右足に叩きつけた。切断された足がはじけ飛んで襖を突き破った。

けだもののような喚《わめ》きを上げて主膳は仰向けに転がった。その上にまたがり、逆手に持った刀を垂直に突き立てた。切っ先は下腹をつらぬき、畳に突き刺さった。刀を刺したまま離れる。主膳は白目をむいて虚空をかきむしっている。まるで枝に突き刺さった百舌《もず》の生贄《いけにえ》の図だ。切断された右足からおびただしい血が噴出している。意識はまだあった。意識があるだけに下腹を串刺《くしざ》しにされた痛みと苦しみは想像を絶するものがあるに違いない。

「た、頼む。殺してくれ。ひ、ひと思いに……、殺してくれ」

懇願する主膳を無視して、幻十郎は刀を鞘に納めた。このまま放置しておけば、いずれ体内の血を失って死んでいくだろう。死ぬまでにどれほどの時間がかかるか分からないが、その間、主膳は生きながら地獄の苦しみを味わうことになる。

「ご、後生だ……。殺して……くれ」

主膳のあえぎ声を背中に聞きながら、幻十郎はゆっくり部屋を出ていった。

5

蕭々《しょうしょう》と雨が降っている。

梅雨のような鬱々《うつうつ》たる雨である。

茅葺《かやぶ》き屋根を叩く雨音に耳をかたむけながら、松平楽翁は物静かに茶をたてていた。

その前に市田孫兵衛が端座している。

伊勢桑名十一万石、松平越中守の下屋敷の一角にある『浴恩園』の茶室である。

「まずは一服」

楽翁が白磁の天目茶碗《てんもくぢゃわん》に茶を点じて差し出すと、

「ちょうだいつかまつります」

うやうやしく受け取って、孫兵衛は作法どおりに茶を喫した。その間に、楽翁は黒天目の茶碗に自服の茶をたてている。

「結構なお点前にござりまする」

孫兵衛が一礼して茶碗を置く。楽翁もゆっくり茶を飲みほして、

「よう降るのう」

と、躙《にじ》り口の外に落ちる雨垂れに目をやり、天目茶碗を静かに膝元において、ふた

たび孫兵衛に視線を戻した。

「今朝方、内藤家から公儀に世継ぎ願いが出されたそうじゃ」

「ほう」

と、孫兵衛が意外そうな目で見返す。

「庶子の義保に家督を継がせたいとな。こたびの騒動が表沙汰《おもてざた》になるのを恐れて、内藤但馬守どのが早々と手を打ったのじゃろう」

「で、ご老中方はお認めになられたのでございますか」

「但馬守がみずから隠居して義保に跡目をゆずると申しておるのだ。願いの筋は通っておる。公儀としても認めざるをえまい」

そもそも江戸家老・戸田主膳と手をむすんで、お須磨の方の子・義保を内藤家の世継ぎにすえようと画策したのは若年寄の田沼意正なのだ。但馬守からの世継ぎ願いに反対する理由は何もない。それに田沼は単に金で動いただけである。岩津藩の内政など知ったことではない、というのが本音であろう。

「もとより庶子の義保には何の罪もない。大人たちの欲望に利用されただけなのじゃ」

「しかし、十六歳の義保君に岩津藩の藩政を任せるのは、いささか荷が重すぎるのでは？」

「案ずるにはおよばぬ。内藤但馬守どのは世にいわれるほどの暗君ではない。病が本復すれば、若い義保のうしろ楯《だて》となって、藩政の建て直しに力をそそがれるに相違ない」

「何はともあれ、これで岩津藩の騒動も一件落着。殿のご懸念もひとつ晴れましたな」

「うむ」

と、うなずきながら、楽翁はまた躙り口に落ちる雨垂れに目をやった。

譜代名門の岩津藩内藤五万石の危機は、確かにこれで回避された。だが、十一代将軍・家斉と、家斉に媚《こ》びへつらう老中首座・水野出羽守忠成、そして水野の腹心・田沼意正による腐敗政権は、いまなお厳然と存在する。

その腐敗政権を支えているのは、金である。大名旗本の猟官運動、あるいは富商富豪の利権誘致などによる巨額の賄賂が、水野政権の命脈となっているのである。

「金じゃ」

二服目の茶をたてながら、楽翁がぼそりといった。

「金が諸悪の根源なのじゃ。これを絶たぬかぎり、水野の悪政を正すことはできぬ」

だが、中央政界から身をひいて一大名家の隠居となった楽翁に、現政権を叩きつぶせるだけの政治力は、もはやない。いまの楽翁にできることは、水野出羽守と田沼意正がまき散らす悪の種を一つ一つ拾いつぶしていくことだけである。

「いささか歯がゆいやり方だが、ま、千丈の堤も蟻《あり》の一穴からと申すからのう」

その「蟻」こそが、闇の刺客人・死神幻十郎なのである。当初、楽翁はおのれの意のままにならぬ幻十郎に深い猜疑《さいぎ》心を抱いていた。手を切れと孫兵衛に命じたこともある。だが、楽翁に反発しながらも、幻十郎は困難な仕事をやりとげてきた。決して「金」だけで動く男ではない。幻十郎には幻十郎なりの「義」がある。そのことに気づいたとき、楽翁の胸にこびりついていた猜疑心も氷解した。

「蟻は『義の虫』と書きますからな」

孫兵衛がしたり顔で、

「幻十郎はまさに権力の堤に一穴をうがつ義の虫でございます」

「いずれにせよ、あやつはようやってくれた。孫兵衛、たっぷり仕事料をはずんでやるがよいぞ」

「ははっ」

あいかわらず鬱々《うつうつ》たる雨が降っている。

気温もぐんと上がって、この数日、うんざりするほど蒸し暑い日がつづいている。

その日の午後、幻十郎は佐久間町の『藤乃屋』を訪れて志乃を誘い出し、両国垢離《こり》場《ば》ちかくの船宿で屋根舟を仕立てて、船遊びにくり出した。

煙るような霧雨の中、ふたりを乗せた屋根舟はゆったりと大川の川面をすべってゆ

く。川風に鬢《びん》のほつれ毛をなびかせながら、

「船遊びに誘ってくれるなんて、いったいどういう風の吹きまわしなんですか」

志乃が微笑《わら》っていった。

「孫兵衛どのが仕事料をはずんでくれたのでな」

ふところから紙包みを取り出した。

「これはお前の取り分だ」

「いくらあるんですか？」

「十両」

「えっ、そんな沢山」

「得物ひとりにつき六両の約束だったが、孫兵衛どのがさらに二両を上乗せしてくれた。〆て四十両。四人で山分けだ。遠慮なく納めてくれ」

その十両は、お須磨の方を殺した報酬であり、危険と引き換えに支払われた対価である。当然、志乃には受け取る権利があるのだが、その胸中は複雑だった。心のどこかにうしろめたさとためらいが、まだある。

「どうした？　気がとがめるのか」

「人を殺して、お金をもらうなんて……」

「世の中には金で身を滅ぼす愚かな人間がごまんといる。そいつらが摑《つか》みそこなった

金がこっちに回ってきただけだ。気にするな」

と志乃の手に紙包みをにぎらせて、胴の間にしつらえられた酒肴の膳部の前に腰を下ろした。志乃も座り直して酌をしながら、

「夏も間近ですね」

屋根舟の外に目をやった。霧雨に煙る大川の川面を、水すましのように幾隻もの涼み舟が行き来している。舟客のほとんどは男と女のふたり連れだ。すれ違った屋根舟の中に、仲睦《むつ》まじげに寄り添って河畔の景色をながめている夫婦らしき男女の姿があった。ちょうど幻十郎や志乃と同じ歳ごろの男と女である。

「ねえ、旦那」

志乃がふいに向き直っていった。

「海に出ましょうか」

「海に？」

「そう。このまま大川を下って江戸湾に出て、それからずっと……、ずっと遠くの海へ……」

幻十郎は黙って猪口をかたむけた。志乃の気持ちが痛いほどよく分かる。江戸という汚濁にまみれた現実から逃れ、遠い海の上で幻十郎とふたりきりの世界にひたりたい。そんな衝動に駆られたのであろう。

「海か……」

幻十郎がぽつりとつぶやくと、

「冗談ですよ」

と微笑って、幻十郎の肩にしんなりと体をあずけ、

「私にも一杯注いで下さいな」

猪口を差し出した。幻十郎が酌をする。それを一気に飲みほして、ふっと吐息をつく志乃の白い頰《ほお》を川風がやさしくねぶってゆく。

「ああ、いい風だこと……」

艫《とも》で、年老いた船頭が黙々と櫓《ろ》をこいでいる。いつしかふたりを乗せた屋根舟は、吾妻橋をくぐっていた。

煙るような霧雨がふりつづいている。

舟が向かっているのは、江戸湾とは逆方向の川上だった。

本書は、二〇〇一年九月、徳間書店から刊行された『密殺　冥府の刺客』を改題し、加筆・修正し、文庫化したものです。

文芸社文庫

謀殺 死神幻十郎

二〇一七年四月十五日　初版第一刷発行

著　者　黒崎裕一郎
発行者　瓜谷綱延
発行所　株式会社　文芸社
〒一六〇－〇〇二二
東京都新宿区新宿一－一〇－一
電話　〇三－五三六九－三〇六〇（代表）
〇三－五三六九－二二九九（販売）
印刷所　図書印刷株式会社
装幀者　三村淳

ISBN978-4-286-18569-9